KB197572

시와시낭송인 제1집

김봄서
김인희
김춘연
김태경
민길성
박동주
서해영
송병화
심연수
엄지윤
여미숙
오대형
이경아
이근섭
이돈권
이상헌
이서영
이설현
이용우
이해경
정남현
정순아
지성평
차상용
한정진

시 읽는 여자 시 쓰는 남자

초판인쇄 2024년 11월 25일
초판발행 2024년 11월 25일

지은이 김봄서 김인희 김춘연 김태경 민길성 박동주 서해영 송병화 심연수
　　　　 엄지윤 여미숙 오대형 이경아 이근섭 이돈권 이상헌 이서영 이설현
　　　　 이용우 이해경 정남현 정순아 지성평 차상용 한정진
펴낸이 이해경
펴낸곳 (주)문화앤피플뉴스
등록번호 제2024-000036호
주소 서울 중구 충무로2길 16, 4층 403호 (충무로4가, 동영빌딩)
대표전화 02)3295-3335
팩스 02)3295-3336
이메일 cnpnews@naver.com
홈페이지 cnpnews.co.kr
편집 디자인 황휘연

정 가 10,000원
ISBN 979-11-989877-2-3(03800)

시여시남동인 제1집

詩 읽는 여자 쓰는 남자

발간사

    "시 읽는 여자, 시 쓰는 남자" 밴드 詩 동인지를 발간한다고 생각하니, 벌써 가슴이 벅차오릅니다. 제가 이 밴드의 리더를 맡게 된 7년 전에 오늘과 같은 시 동인지를 만들게 될 줄을 전혀 예상하지 못했기 때문입니다. 우리 밴드 이름도 처음에는 "시 읽어 주는 여자"였습니다. 그러다가 "시 읽는 여자"로, 그리고 지금의 "시 읽는 여자, 시 쓰는 남자"로 진화해 왔습니다.

    존경하는 시여시남 동인 여러분!

    그동안 우리 밴드에는 많은 회원이 새로 오셨고, 그리고 많은 공리 분들이 활동하셨습니다. 익명으로 왔다가 익명으로 갈 수 있는 여건상 누가 왔다가 갔는지 알 수 없는 체계였으나, 우리는 시간이 흐르면서 많은 행사와 이벤트를 치르면서 점점 가까워졌고 친해졌습니다.

    동인지(同人誌)를 사전에서 찾아보면, 사상, 취미, 경향 등이 같은 사람들끼리 모여 만드는 잡지라고 정의하고 있습니다. 그렇습니다. 우리는 '시여시남'이라는 같은 울타리

안에서 같이 숨 쉬고 같이 시를 읽고 같이 즐거워하는 한 가족입니다.

　이번에 시여시남 동인지 창간호에 참여하여 주신 25명의 동인(同人)분에게 진심으로 감사의 말을 전합니다. 또한, 추진팀과 편집팀을 맡아 수고하신 분들에게 이 지면을 통하여 감사의 말을 전해 드립니다. 특별히, 우리 25명의 동인 중의 한 명이자 편집과 출판을 도맡아 수고하여 주신 문화앤피플 대표이신 이해경 시인님께 깊은 감사를 드립니다.

　아무쪼록 이번 동인지가 우리 밴드 모든 분에게 詩를 통하여 이 세상을 밝게 할 수 있다는 확신을 갖게 하는 기쁜 기회가 되기를 간절히 소망합니다.

2024년 11월 5일
시 읽는 여자, 시 쓰는 남자
리더　이돈권

차 례 ─────────────────

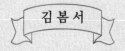

김 봄 서

- 김봄서(본명: 김미희), 1968년 충남 보령 출생
- 2019년 제19회 『계간 문예감성』 신인문학상 수상 등단
- 2023년 제4회 이어도 문학상 수상
- 2021년 강원문화재단 전문 예술지원 시 부문 수혜
- 2024년 강원문화재단 전문 예술지원 수필 부문 수혜
- 개인 시집 『별의 이마를 짚다』, 『벚꽃기념일 습격 사건』
- 디카시 『하늘 매표소』, 수필 『시선, 침묵에 닿다』.
- 그리스, 독일 등 13개국에 시가 번역되어 소개됨.
- 국제 문학공모 제3회 'Literary Asia-2024 그랑프리
  Grand prix(대상)수상

엄마의 치매

겨울 감나무 한 그루 화석처럼 꺼져 있다
엊그제 말한 걸 새로운 말처럼 하고
오늘 아침 일을 어제처럼 흐린다

많던 잎 다 떨어지고 까치밥 흔적도 없다
감꽃 피는 계절에도 잎을 떨구고 신통치 않다
읽어내지 못한 계절이 몇 페이지나 넘어갔다

하나밖에 없는 딸 얼굴을
읽고 또 읽고 저장하려 애쓰는 엄마,
삼킨 기억이 목울대를 지날 쯤
망각의 시선이 감나무 가지 끝에 걸렸다
주르륵,
해거리 없이 감을 몇 접씩 달아냈었는데,
감나무 뿌리에 기도가 닿았으면 좋겠다

왜,

왜는 욕이다
고맥락 문화에서는 더 그러하다
관심처럼 보이지만 무관심하고
사고의존에 무시가 담겨 있는 무주의 맹시,
어디나 생산성 높이기 위한 효과성을 논하지만
깍두기 관계에서 찾기란 쉽지 않다

뒤섞인 감정 정리에 잠이 설어
참새가 물어다 준 아침을 허겁지겁
커피잔 속에 넣어 마시고 집을 나섰다
바람이 시끄러운 얼굴을 씻기며 등을 도닥였다
다들 그렇게 그냥저냥 사는가 보다
그럭저럭 그만저만하게.
시키지 않았는데 시킨 것처럼
시켰는데 시키지 않은 것처럼
왜,

옹이

내 심장에 박힌 너를 어찌 드러낼까,
갈수록 깊이 든다
뜨겁고 뜨거웠던 흔적,
울력으로도 소용없다
밋밋한 내 삶에
너 아니고서 어찌 무늬 될까?
내 기억의 기억 너머에도 너 뿐이다,

내 등을 친 여자

어떤 새파란 여자가 내 등을 쳤다
얼른 부아가 치밀었다
그러다 그 여자 새끼들이 보였다
그것들 먹이려고 물색 한 것이 나,
어수룩하니 티도 나고 눈도 삐었다
하필 새끼 다섯이나 되는 가난한 내 등인고,
물색도 없다

공갈, 빵

가끔 부부싸움을 한다
부아도 내고 눈도 흘기지만, 이내 그가 연민스러워진다.
동그랗게 말려 부푸는 등이 자꾸 먼저 보인다
세상사 전투 동지,
그에게 공격할 무기가 거의 바닥난 것도 안다
알고 공격하면 비겁한 거다,
어울렁 더울렁 공갈 방아쇠 앞에 손들어 주기도 하면서
그 노병의 자존감을 지켜주는 것도 나쁘지 않겠다

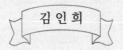

김 인 희

- 2014년 시 〈따르게 하소서〉로
  가톨릭문학상 수상
  가톨릭문학회 시 등단
- 동인지 [길 위에서 길을 찾다] 외 4 권

정류장

쨍하고 높은 날
창가에 옹기종기
재잘재잘거리더니

어제 오늘 내린 비에
꺼먼털이 숭숭

음식 쓰레기에는 아니 되고
막 쓰레기통에 마구 모인 그것들
곰팡이 초파리 꼬무리
어김없는 순서를
봉창으로 막아야지

냉장고에 넣어두나
가스 불에 구워볼까
별난 두시럭을 떨다가

물 건너간 동의는
가정의 평화와
환경을 지키는 일로
고뇌가 깊어갔는데

 동동 십 년 만에

 발견이다!

소금물에 퐁당퐁당
복숭 아씨 자두 아씨
보얗게 목욕하니

때 이른 낙엽 한 장
하늘 미소 날아드네
싱긋.

태고의 춤사위

결 고운 비단으로 감미로운 음악으로
은은한 향기의 미소로 다가오네
아련한 그리움 속에 묻어있는 유년의 추억도
덩실 춤이 절로 나는 환희의 찬가도

시리도록 아프고 서른
목울대 울음도

또 다른 그릇에 담아
가끔은

천둥을 닮은 쩌렁! 한 소리로
세상을 울리네

교훈도 훈계도 아닌 절제와 겸허의 언어로
마음 한 자락 요동치는 전율을 기웃하며
물 좋은 보석을 만나려 꿈꾸듯 헤매이네 아직

담 넘어 아낙네는 안 보이고 안 들리는
그들만의 언어일지라도
자꾸만 멀어져 가는 서늘한 가슴들에 온기를 전하려
태고의 꿈, 오래된 춤사위는
단단하고 옹골진 언어의 배를 타고
색색으로 나부끼네

비탈길 양지 녘 들국화 향기로
담장 밖 아낙의 가슴도 울리는 값지고 빛나는
한 올이라면

민들레 홀씨가 되는

그날
올거야. (2015년)

해바라기

마당 가 한구석 키 큰 해바라기
이른 아침
마당에 붓질을 해대는
싸리비가 신통하여
습관처럼 아침이 기다려진다
아침마다 그려놓은 그의 그림에는
결핍된 가족사와
숙명적인 가난과 함께 찾아온
덧나간 세월의 통한이 서려 있다.

이정표가 보이지 않는
시커먼 먹구름장 속에서
홀로 외로이 부른 그의 노래는
수백 년 노송의 상흔 같은 옹이와
검푸른 피멍투성이
눈이 한 길이나 쌓인
영하 20도의 새벽에
새끼 난 젖소의 불은 젖을 짜다가
고통으로 몸부림치며
울 밖으로 튀어 나간 젖소를 잡으러 갔다
옷이 젖은 채
옷도 몸도 얼어붙고 눈썹이 얼어
감을 수도 뜰 수도 없는 그 자리에서
얼음기둥이 되어가던
대관령 목장 기억이 있다

피 끓는 젊음을 태워
치열하게 살아낸 오늘에 이르러
검은 바위로 얹혀있는 회한과 용서와
그리움의 조각들이 펼쳐져 있다.
경계석을 조금쯤 뒤로 밀어낸
하늘이 내려다보이는 마당에

갈채를 보내는 해바라기 앞에서
거친 싸리비의 거친 붓질 후
툭 던진 비 까슬에
어이쿠! 비명도 내지르며

라일락 향을 머금은 봄 햇살 미소는
오늘도 여전히
싸리비를 향해 흐른다
마당 주인과
해바라기와
싸리비의 생명 시는
그렇게 쉬어갔다.

기쁨의 창을 열어가는
삶의 기도 바구니에

꽃 한 송이 담겨졌다.

어제 그리고

여린 듯 매초르르한 고등어
강성으로 굳어진 강인함은,
가녀린 잡어몰이의 열기는
떨어진 부스러기와 경직된
경추가 조성됐다
목에 걸린 고등어 가시로
보기보다는 몸에 좋다는
먹통이 부풀려진 오징어가

푸른 꿈을 반질하게 피워낼 수 있음은

하늘에서 바다로 드리워진
하늘 무지개를
온몸으로 받아 안던 그날이 있었다.

은회색 비늘이 언뜻 반짝
보일듯 말듯 하던 고등어에

무엇을 바랐던가!

억겁의 세월 동안

더께를 이룬

용마루 둘레길 기암괴석인 것을

자꾸 또, 퍼내 볼까

투명한 은회색 목걸이에 비쳐진

고등어 뱃속의 검푸른 녹물을

쉬리와 버들치가 노니는

그 여울은 지금 어디쯤..

아쉬움
  - 우리 역사 바로 알기 아침마당 특강

구국 충정이란 미명하에
정권 쟁취에 걸림이 되는 무고한 사람들

참혹하게 처단하고
드디어

일국의 통치자 되다

거기에 현명한 아내 있음을 강조하니
크게 실망하던 중
겸양지덕 소통 능력 추가하니
명강사 명분 서네

허나
하늘 뜻 상관없이
수단 방법 가리지 않은 야욕에
희생된 아픔도 돌아보고
출세 가도에 한몫한 여인들의 대목에서

조금은

목소리를 낮추었더라면...

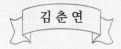

김 춘 연

- 노원문인협회이사(현)
- 서정문인협회 신인상 수상
- 간호사, 미술치료사, 웃음치료사
- 동양꽃꽂이 강사

주일 아침

구부리고 누운 등뒤로
측은지심이
넓은 어깨에 묻어두었던
지워지지 않은 세월이
선명하다

귀는 반 뜨고
눈은 감은 채 미동도 하지 않고
누운 주일 아침

계란프라이 하나
준비해 두고
나를 움직이게 한
무던히 걸어온 미운 정

제기 그릇

시집오던 해
처음 인사를 나누었다

명절이나 제사 때
나와 지내던
스테인리스 제기

봄 여름 가을 겨울
내가 차려주는 대로
차려입는다

말하지 않아도
기다려 준
미덥던 친구

시할머니 시어머니의
손때 묻은 제기는
서른 일곱해전 새댁

이제는
희끗희끗한 세월에
처분을 기다린다

청설모의 슬픔

낮은 산이 둘러져 있는
용인 동백마을
한라비발디 앞

어수선한 도로 위에
비상등을 켜고
차를 세웠다

주둥이로 바닥을
쿡쿡 쪼아대며
길을 막아선 청설모

죽은 동료의 꼬리를 붙잡고
오열하다
가로수로 옮겨간 절규는

가을
시린 햇살 한 줌으로
내 속을 파고든다

두 돌바기 하나

슝~~~~~
타러 가자며 때 쓰는 아가를 데리고 밖으로 나간다

놀이터 미끄럼틀을 거꾸로 타고 내려온다
아름아름 그늘진 침엽수
보고 있다가 바람을 슬쩍 보내고 웃는다

말을 알아듣기는 하면서
자기 생각대로만 하겠다는
두 돌바기 하루

새벽 문 소리에 잠을 깨다

어젯밤에는 늦도록 TV까지 켜놓고 엎치락뒤치락 거리다
새벽 문 소리에 눈을 떴다
며칠 뜸한 캐나다 두 손주 생각이 자꾸 났다

두 주 차이로 태어난 손주들
돌잔치 준비하고 있단다

남매를 하나는 업고 하나는 걸려서
오일장에 가던 날

바나나를 가리키던 두 돌 막 지난 아들에게
사 먹이지 못한 일이 미안하였다

돌잔치를 앞 두고 모든 것이
녹록치 않을 아들 딸
나처럼 아린 마음 짊어지고 있겠다

일찍 일어난
새벽 참새가
유난히 시끄럽다

이고지고 업고 걸려 입속에 혀처럼

어딜가나 여덟 남매 생각으로

새벽잠 설쳤을 엄마

멀리 있는 아들도 딸도 엄마도

오늘 너무 보고 싶다

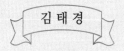

김 태 경

- 강원도 평창군 진부 태생
- 한국문인협회 회원
- 현) 강동문인협회 회장
- 수상
  박재삼 문학상 수상, 강동문학상 수상
  영월기행수필공모전 수상
- 시집
  별을 안은 사랑, 북허브, 비밀의 숫자를 누른다, 예서

북방 사내 1

– 백석을 위하여

나라 잃은 설움이 절벽에 매달려 있고

온전한 꿈을 지키려고 바라본 하늘이 얼마나 아팠을까

대웅의 땅에 쑥이 자라고

호랑이가 먹다 뱉은 마늘밭으로

신화를 등에 지고 유민이 되어 떠돈 북방 사내여

찬바람이 볼을 깎아도

자작나무 등걸불로 손을 녹이며

황토벽 사이로 들어오는 매서운 바람에도

잉크병 가슴에 품고 떠돌이 되어

호태왕 호령을 듣고

잃어버린 우리의 신화를 찾아

꾹꾹 눌러 쓴 불빛 같은 서정의 노래가

세월의 강을 건너와

지금 한 페이지 넘길 때마다

흰 돌에 신음처럼 박혀 있는 절규

매만지듯이 한 글자씩 손끝으로 읽는 시편이여

북풍한설에도 꼿꼿한 갈매나무 생각하거나

흰 바람벽에 스쳐 지나가는 울음

북방 사내가 두 눈 뜨고 바라보았을 통곡의 밤

사랑하는 자야, 가슴에 품고 살며

이념의 강에 갇혀

황톳빛 서정을 내려놓고

소리 죽인 울음으로 울다가 떠났을 것 같아

복사꽃 핀 봄밤에 뒤척이다가

북방 사내가 쓴 남신의주유동박시봉방에서

흐릿한 눈으로 덮고 말았어라

신화의 땅을 하염없이 바라보았을 당신의 눈동자

오롯하게 박혀 있는 흑백 사진 한 장

서럽도록 그리워라

북방 사내 2

-이용악을 위하여

당신을 그리는 마음
백무선 철길에 싣고 가렵니다
유랑의 등짐으로 떠돈 우리의 슬픔을
순한 민족의 통곡을
우리의 텃밭에서 핀 오랑캐꽃을
서러운 눈으로 본 당신은
눈보라에 휘청거리는 걸음으로
간도로 건너가는 이
마음 놓고 울지 못하는 이
풀벌레 소리 가득한 방에 누운 아버지
짓밟힌 통곡의 피흘림과
한(恨) 많은 노래를 전해주신 당신은
함경도 경성, 북방 사내입니다
잉크병이 언 시간에도
눈 뜬 새벽에 내리는 눈 바라보며
한없이 그리워한 고향에서
오랑캐꽃이 활짝 핀 봄날
새들의 노래로 평안하신가요

당신의 숨결을 백묵으로 몇 자 적어 놓고

오늘도 당신을 그리는 마음

이어 달리는 산골짜기 가없이 바라보며

백무선 철길 따라가 보렵니다

백합

이 더러운 땅에 피는 꽃이여
너로 인해 숨 고르나니

총칼을 다 녹여주는 향기
코 대고 앉은 나비처럼, 우리는

이 푸른 별에서
눈물겹도록 살아야 한다

우크라이나
팔레스타인 가자지구
그 전장(戰場)에

너를 한아름 보내고 싶어라
저 사람도 숨 쉬고 살게

문장 부호

인생은 물음표인가
살면서 살아가면서 느낌표인가

하루, 하루가 흘러와
세월은 붉은 열매로 익어가는데

우리의 가을은
청개구리 등에서 숨 쉬는 쉼표

단풍은 하나둘 떨어진다
마치, 마침표처럼

세 정거장 남겨두고 내렸다

세 정거장 남겨두고 내렸다

겨울을 벗는 갈참나무

연둣빛 가녀린 손짓에 홀려 나도 모르게

나뭇잎을 쓰다듬고

철쭉을 만지니

손끝으로 스며드는 봄이 따습다

빠름보다 느림으로

걸음 사이로 피어나는 흥겨움

산들바람에 흩날리는 새소리가 감미롭다

눈 감아 호흡을 가다듬고

숲속 빈 의자에 앉아

햇살에 눅눅한 시름도 말려 놓는다

또 걸어가다 꽃밭에 들어가

날다람쥐처럼 쑥 들어가

달디단 봄 체하지 않게 꼭꼭 씹는다

아직 두 정거장 남아서 좋다

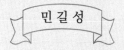

민 길 성

- 경북대학교 졸업
- 시 한국문학동인회 회장
- 서울문학등단

싸늘한 순정

시방 밤은
고독의 향기를 마시고픈 숨이 일고
슬픈 삐에로의 눈사풀인 양
차거운 별들은 그예 누리에 차고 반짝인다.

끝없이 침몰한 적 없는 싸늘한 순정
달무리 후광에 화안한 덧없음일 줄이야
끝내 터지도록 시린 아픔 풀어 던지고
심심찮게 출렁이는 너의 숨결 그 향기 속에
너를 부축이며 잠들게 한다.

시방 밤은
그 어디메까지 왔나 붉은 성화 앞에
가시나무새 가슴 드리우고선
좌절하는 위 아래 수직으로
구비구비 하나하나 빌며빌며
샛별 하나 밝히고 은총인 양
밤새워 한창 빌고만 싶다.

너가 너를

너도 이제 거울 앞에서
너의 모습을 본다
어머니처럼
코도 만져보고
입술도 만져보고
깊어가는 가을밤

아리는 가슴 쓰담는 너는
아버지처럼
인생을 만져본다
그렇게 철이 드는 거다
네가 너를 맞이하면서
철이 드는 거다

버선도 없이
 -어느 이름 없는 가련한 무녀에게

황혼의

그림이

청산에

그려지는

붉은 묘한 시

어디선가 어리는

천년의

고독 혼인가

너의 흰 가슴

품고

버선도 없이

애달파

오르는

저 고지의 한이어라

바람의 흰 가슴

산을 휭하니 돌아와 바다를 건너도
여전히 외로운 것은 너와 내 속에
끝 닫지 못한 아쉬운
그리움 하나가 울고 있다.

달빛이 고요하고 태양이 미소 짓는
대지의 고락에도 항시
우리의 실존에 끊임없이 애끓는
바람의 흰 가슴

이 밤 술잔에 낙조가 지고
달빛이 건네는 노란 스카프도 않은 채
멍하니 바보처럼 검은 하늘만 응시하는
그리움의 애련

아! 너와 나는
저 세속의 가변적 실존을 지우며
영롱한 순정의 실존으로 영거는
이 밤은 꿈에도 잊지 못할
영육의 하나가 되어 잠을 자자.

돌게 가슴이여

낙조에 이는 바람 속에 여인아
너는 사슬 풀린 듯
어지러운 사랑 속에서
숨어 우는 방울방울 눈물이었나

그 눈물에 씻겨진 맑알간
두 눈동자로
수줍은 생을 지나는
곱디고운 돌게 가슴이었나

오늘은 장소를 정하여
세상 등지고
그리움 하나 돌개 가슴에 품어
아예 비련을 씹어보려나

돌게 가슴이여...

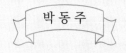

박 동 주

- 1967년 서울 출생
- 《시 읽는 여자, 시 읽는 남자》정회원
- 직장인

별 편지

인적 드문 강바람에 저 멀리서
벚꽃 한 잎 날아와 당신 무릎 위로 앉거든
나 다녀간 줄 아시오

한여름 늦은 저녁에
님찾아 슬피 울던 매미떼가 조용해지거든
나 다녀간줄 아시오

깊은 가을 밤새 적신 베갯잇이
보송히 당신의 얼굴을 감싸거든
나 다녀간줄 아시오

겨울 새벽 소복히 쌓인 눈위로
까치발자국 서네개 보이거든
나 다녀간줄 아시오

설움이 한가득하여 울고 싶은데
울어지지 않는 날이 오늘이거든
나 잠시 머물러 있는줄 아시오

새내기 과부

이토록 참신한 단어의 조합이라니
"새내기 과부 아무개입니다"
49재를 지낸지 열흘 지난 미망인에게서 나온 소개말
새내기 과부
그녀는 빙그레 웃었고 듣고 있던 모두가 꺄르르 자지러졌다
나는 웃지 못했고 울지 않아 다행이었다

얼마나 많이 아팠을까
홀로 땡볕에 내팽겨진 눈사람은
자신의 그늘로 지켜야 할 것들이 많았기에
그냥 녹아내리게 둘 수는 없었으리라
마흔아홉 날의 칼집 사이로 잘 스며든 단어가
새내기였으리라

아픔, 고통, 울분, 허망 속에서
스스로의 보호막으로 선택한 신박한 단어가 아니겠는가
옆지기 갔어도 세상은 똑같이 돌아가고
이왕이면 새내기처럼 파릇 파릇 다시 돋아나시라
새내기 과부여
부디 자알 적응하시라

아내의 갱년기

곱게 마른 백하수오 한 뿌리와
당귀 몇 점 넣고 물을 끓인다
제대로 우린답시고
주전자 물이 반쯤 졸았을 때
또 한가득 새 물을 넣는다

못난 내게 우려질 대로 우려져
진액이 모두 빠져버린 아내
팅팅 불어 흐물거리는 약초에
새 물을 붓고 또 붓고
쉴 틈도 없이 강한 불로 고달프게 했다

아프단다
두어 달째 이 병원 저 병원을
옮겨 다니며 여러 가지 검사를 해봐도
의사의 소견은 똑같이 이상이 없단다
그런데 아프단다 이곳저곳이 많이 아프단다

어느새 다시 주전자의 물이 반이 됐다
새 물로 한가득 채워 넣고 멍하니 쳐다본다
물을 너무 많이 넣은 건지 불이 쎈 건지
주전자 주둥이로 굵은 눈물이
울컥하고 뿜어져 나온다

엄마 제삿날

늦은 퇴근에 부랴부랴 씻는데

손톱 밑에 때가 안 지워집니다

엄마한테
험한 꼴 보이기 싫은데

탑골공원

탑골공원에 가 보셨는가?
시간이 천천히 흐르는 곳
영화의 느린 장면을 보는 듯이
바람도 속도를 늦춰 지나가고
햇살도 살며시 왔다가 서서히 물러나는 곳
탑골공원에 와 보셨는가?

살벌한 내기 장기판에서도
승기를 잡은 이가 기고만장 재촉하는 법이 없다
패색이 짙은 이도 쉽사리 포기하려 하지 않는다
깊은 생각에 삶의 묘수가 있을 수도 있다
그저 기다려준다
살면서 수없이 이겨보고 또 그 수만큼 져도 보았기에
승패 따위가 그들을 조급하게 만들지는 못한다

사랑도 재촉하거나 강요하지 않는다
이미 하늘이 정해준 사랑을 하늘로 반납한지
오래되어버린 그들이기에
소유하려는 사랑이 부질없음을 안다
그들은 받는 사랑보다 주는 사랑을 택한다
바나나우유 하나 건네고 받으면
서로 만족하는 그런 사랑을 하고 있다
욕심 하나 부린다면 내일도 이 자리에서 만나자는
소망 담긴 약속 하나 지켜달라는 당부뿐이다

샛노란 넥타이에 갈색 중절모의 멋쟁이나
어젯밤 길거리 잠을 잤던 사람이나
이곳에서는 동등하다

가진 자가 없는 이를 천대하지 않으며
없는 자도 가진 이를 딱히 부러워하지 않는다
머지않아 함께 하늘여행이 예약되어 있기에
그들은 동무이자 동반자이기 때문이다
모든 것을 두고 가는 여행이라
있다고 자랑할 일도 아니고
없다고 주눅들 일이 아니라는 것을 안다

그들이 힘을 모아 공원 내의 시간을
천천히 흐르게 만드는 것이다
하늘의 뜻을 거역하고
땅을 질질 끌어 시간을 더디 흐르게 하는 것이다
행여 부지런 떠는 시간이 보일 때면
지팡이로 콕 콕 혼내주기도 하고
양손에 움켜쥐고 허리춤 뒤로 감춰버리기도 한다

그 누구보다도 빨리 많이 오래를
맨몸뚱이 하나만으로 감당하며
강단 있게 살아온 세대의 사람들이기에
그들은 신과 동등한 능력을 지니게 된 것이다
스스로 잠을 줄여 느리게 가는 시간을
길게 사용하는 법을 터득한 신과 같은 능력자들

그들이 지나간 길가에는
곧 홀씨를 날려 보낼 준비를 끝낸 민들레가
구름을 머리에 인 채 뼈대가 앙상히 말라가고 있다
지구상에서 신들이 가장 많이 모여 노니는 곳
종로3가역
탑골공원에 와 보시겠는가?

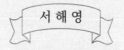

서 해 영

- 동화구연가, 그림책 감성 큐레이터,
  독서 논술 지도사
- 한국 국어능력 평가협회 알짬터 구의동 지사 운영,
  그림책 감성 큐레이터 '마들렌' 구의 지사 운영
- 공동 저서 :「동행」「마음을 들여다보는 렌즈」
- 《공감 문학》,《시학과시》시 등단
- 《시 읽는 여자,시 쓰는 남자》 정회원
- 《시학과 시》 정회원

하얀 밤

억수 같은 설움 난탕질하는 하늘이 어둡다
무거워진 고요를 안은 밤은
축축하게 내려앉았다

나는 잠을 안았지만
뜨끈하고 끈적거리며 달라붙는 놈
날 세우는 눈꺼풀
방 안에 갈지자로 퍼질러 앉은 붉은 한낮

토도독 똑똑똑 톡톡톡
귓볼을 잡아당기며
불러내는 바쁜 처마 끝

무지개는 현란하게 춤추고
사방에서 밤을 지키는 가로등

밤은

매일

그렇게

선잠을 자고 있었던 것이다

나는
창문을 닫고 에어컨을 틀고
커튼을 내렸다

괴로운 밤을 눕히기 위해

도 도 도또 또 또또 토 토
처마끝도 조나보다

현관문

"아바이"
막내딸 목소리가 전화기를 넘자
달빛 같은 아부지 음성이 넘어온다
"그래 아:들이랑 엄 서방도 잘 있제. 서울 마이 덥제"
금방 달빛은 사라지고 광*이 된 귀
"뭐라카노 뭐라꼬 뭔 말인지 몰다... ..."

아부지는
윙윙거리는 벌 집을 빼 던지신 지 오래다

"아부지, 아바이 동무 나 왔다."
참으로 희한했다
"느그가 그 멀리서 어째 왔노."
광은 달빛으로 변하고
현관문에 아부지의 초상화가
함박꽃으로 피어나는 게 아닌가

아부지는
깡충깡충 뛰었건만
꺼덕거리며 앞서는 굽은 등과
이층 계단에서 재 넘는 거부기*가 된다

"아부지 가니데이••• •••"
아부지 눈물이 먼저 울고
시들어 가는 함박꽃
"언제 또 볼노
멀리서 와줘가 고맙데이 조심히 가고 잘 살아래이."

발사되지 않고 장전된 채
아부지 입에서 겉돌며 떨리는 목소리

아흔한 살의 아부지는
어느 날인가부터
세월을 따라가고 있었다

나는
아부지 눈물을 부둥켜안고
늙은 아부지 곁에 마음만 머물러 앉아 있다

*광―광물을 파내기 위해 파 들어간 굴(갱)
*거부기―거북이

입추

장맛비 따라 *망고한
모폭 검은 시체가 아리는데
패인 화분에
*건칠한 그림자
드리워지며 채워진다

헐떡거리다 못해 드르륵 떠는 톡방
친구의 부음이 숨도 쉬지않고 뛰어든다

부고 답들 마다
뜨겁고 축축하게 터지는 아픔
톡방은 무겁다 못해 내려앉을 것만 같다

친구들 가슴을 짓누르는 바윗덩이 너머로
부의금은 1초만에 손전화를 타고 넘는다

삶의 가장자리에
나앉을 자리를 눈여겨볼 나이
가을을 보지 못하고
구름 배 띄워 은하강을 건너간 친구

바람이 지나 가다

가을을 담지 못할

거무칙칙한 땡감 한 개 떨궈

낙엽 위에 살짝 내려놓는걸

흘러가던 눈물방울이 담아낸 건

입추였다

*망고 : 어떤 것이 마지막이 되어 끝판에 이름.

*건칠 : 마른 옻칠(옻칠을 여러 번 하면 검계된다.)

상사相思

-붉노랑 상사화

한여름 파리한
낮달은 말을 걸고

어머니
길게 뺀 가는 목에 사무친
그리움 안고 노랗게 핀
꽃 당신인가 합니다

어머니
아주 오래전 이별한
당신 사랑도 주지 않고 떠나
가슴에 옹이 진 것은
바로 제 가슴에 박힌 옹이였습니다.

어머니
가슴 한복판에 박혀둔 잊지 못할
옹이 삭이고 삭이며 우아하게 핀 것은
이별의 슬픔을 알기 때문이었습니다

어머니
긴 목 위에 인 꽃이 저리 아름다운 건
몸서리치도록 그리운
당신을 잊기 위한
몸부림인지 모르겠습니다

어머니
당신은 은하작교를 건널 수 없고
구름은 파리한 낮달을 품고
달빛은 노란 꽃물 들며 옹이진
두 가슴을 흔들어 놓았습니다

선운사 동백꽃

붉디붉은 모습이 *하 고와서

모가지 똑 떨어진 동백꽃에
눈 맞추려다

대웅전 풍경이 땡그렁 우니
눈물이 찔끔 나

되돌아서 올려다본 하늘
온통 동백꽃 투영된 붉은 호수

그러나 내 동공은
붉은 호수 절대 물들지 않을

그저
쪽빛 하늘만 바라 볼 뿐

*하
1. 부사 정도가 매우 심하거나 큼을 강조하여 이르는말.
   '아주1', '몹시'의 뜻을 나타낸다.
2. 부사 북한어 '얼마나'의 뜻을 나타내는말

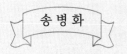

송 병 화

- 전직 초등학교 교장

l992년 거금도

김 주사님 집 무화과나무 열매에 침을 박고 있던 벌떼들이 뒤뚱뒤뚱 귀가를 서두르던 참이었습니다. 마침 수요일이어서 오후 친목회 메뉴를 궁금해하면서 교정 가득히 내리는 햇볕을 쬐었습니다.

하루에 세 번 다니는 군내버스가 흙먼지를 껴안은 채 투덜투덜 지나가고 신촌리 사람들은 오래된 가뭄을 탓할 겨를도 없이 유자밭과 양파밭에 물을 뿌려주느라 바쁜 걸음이었습니다.

아이들은 학교를 파해주어도 운동장에 남아 야구를 하고 해풍(海風)이 드문드문 섞인 다툼 소리에는 억지가 끼어 있었습니다.

아이들의 다툼 있는 놀이가 어른들의 마음을 오락가락하게 하고 관사 주변에서 자지러질 듯 토(吐)해내는 벌레들의 울음소리는 시끄럽지 않았습니다. 귀를 세우고 해변 산중에서 어느 벌레의 울음소리가 더 깊게 울리는지 들어보면 전임지 봉암리의 벌레들도 함께 울다가 멈추고 멈추고 하였습니다. 봉암리 아이들과 여름 방학을 끝으로 헤어진 후 저의 저녁은 어디에다 마련해야 할지 운동화를 깨끗이 빨아 신고 대흥리 동생의 방과 4학년 교실을 오고 가고 하였습니다.

가끔 중학교 선생들과 선술집에서 거금도의 도서벽지 점수까지 이야기하다 보면 나의 백묵이 금방 퇴색해 버렸습니다. 울적한 심경으로 철선을 타고 나가보면 낯익은 인연들이 저의 탈 총각을 염려하며 몇 마디 해주곤 했습니다. 그 몇 마디에 끼어들어 소주 몇 잔을 털어 넣고 여관방에 몸을 눕히면 무웃살 같은 흰 살결이 비치며 긴 밤 지새울 동안 또 얼 만큼 몽유의 그물을 기워야 할지.

　축축한 아랫목으로 맑은 햇살이 기어들어 왔습니다.

　그러는 동안 산자락의 유자는 누렇게 익어가고 저의 근황은 막배 떠난 금진 선창을 서성거렸습니다.

　가을벌레들의 울음소리가 약속이나 한 것처럼 뚝 그쳤습니다.

　금당도 쪽에서 또다시 바람이 불어옵니다. 선생님들은 탱자나무를 쪼개 윷놀이를 하고 아이들은 연기 피어오르는 자기 집으로 다 돌아가고 있습니다.

　김 주사님 집의 벌떼들이 뒤뚱뒤뚱 귀가하는 동안 신촌리의 늦가을이 깊어갑니다. 오늘 밤 저의 저녁은 어디에 마련해야 할까요?

파래

봉암리 앞바다
아침저녁으로 밀물 썰물 받아내는 갯벌 위로
머리 풀은 파래들
김발에 붙느라 안간힘을 쓰고 있다.

봉암리의 파래
지난 수십 년 식탁을 오르내리며
자반으로 혹은 매생이로 얼굴 바꾸어
바지락이나 낙지만큼 잘 나간다는 소리 들었어도
마을 젊은이들 어부의 꿈을 뒤로한 채
도시 대처에
뿌리 내리려 떠나는데
뿌리마저 파란 파래
김발에 다닥다닥 붙어있다.
다닥다닥 붙어서
바닷물이 빠지면 햇빛을 쬐고
겨울새가 바지락을 칵칵 찍어 삼키는 것을 보거나
낙지가 숨는 게 구멍의 닫힘이 궁금할 때
먼바다 쪽에서 물이 들면
마을 쪽으로 흔들리다가
한 번쯤은 하늘을 향해 서 보기도 할 것이다.
눕다가 나풀거리는 파래의 부침(浮沈)이여.

정월 대보름

마을 노인들의 삐쩍 마른 손에 쥐어뜯기고도

김발에 다닥다닥 붙어있는 파래

아픈 상처랑은 물때로 기우고

날이 풀리면 뭍으로 나가

도시에 뿌리내린 마을 사람들

식탁을 빛내 줄 꿈에 부풀어 있다.

물감을 칠하면서

시나브로 뿌리내림을 시작하는
1학년 아이들에 둘러싸여
한 그루 치자나무를 그립니다.
내가 화분 밑에 자갈을 깔고 나무를 세우면
아이들은 모종삽으로 황토를 뜨고
그 위에 잘 썩은 부엽토를 덮은 다음
물을 뿌려주니
꽃잎에 햇살이 들어차
생기가 돌고
벌 나비가 모여듭니다.

아이들과 캔버스에 물감을 칠하면서
뿌리는 깊게 내려야 하고
잎이 나온 다음에 꽃이 피는데
다만 봄에는 꽃이 먼저 피어요.
꽃이 지면 열매를 맺고
열매가 썩어야
새로운 생명이 탄생해요... 몇 마디 합니다.
가나다라 나의 모국어 시간도
치자 향 같은 그 무엇이 채워질 수는 없을까?

그 향이 오늘도 내일도 태워지면
단단한 열매로 맺히는 것일까?
긴 여름날을 게워 내는 이 향기는
흙과 물과 햇살
그리고 우리 모두의 정성이
하나같이 어우러질 때 가능한 것은 아닌지
문득 아이들의 땟국이 묻은 이파리에
빨강 노랑 물감을 덧칠하고
꽃망울도 살짝 그려 넣어
내 사랑이 배고픈 아이들 가슴에
가지런히 걸어봅니다.

장등이 묏골에서

삼지리 물 건너 대밭골 휘어들면
울 엄니 어릴 적 꽃댕기 매고 노신 외갓집이 있습니다.
어릴 적 동생들과 시오리 길을 걷던 방학 날은
삶은 감자와 강냉이에
김이 모락모락 피어오르고
텃밭의 오이를 베어 물면
상큼한 여름은 온통 우리들 것이었습니다.
그날은 부엌방에서 봉초 담배를 피우시던 외할머니께서
아이고 오진 내 새끼 하시며
우리들을 안아주시고
우리는 할머니의 등을 긁어드리거나
하얀 머리칼 속의 이를 잡아드린 후
호롱불이 사그라들 때까지
할머니의 옛날 옛적을 들으며
새록새록 잠이 들었습니다.
그러나 오늘은 그 외할머니
장등이 묏골에 묻히시어
소쩍새가 소쩍소쩍 울어대는 북망산에서
외손주가 찾아온 줄도 모르시고
생전에 좋아하시던 담배를 태우고
소주잔을 올려도
소쩍소쩍 울어대기만 하는 저 소쩍새
고물고물한 자식새끼 남겨두고 저승 가신
울 아버지가 불쌍해서
저리 소쩍소쩍 하는구나 생각드니
외할머니 봉분에 눈물이 떨어집니다.
외할머니께서는 울 어머니 낳아 시집보내시고
어머니는 두 살짜리 엎고 아들 다섯을 키우셨는데
북망산 가신 당신이나 아버지나
여기 우두커니 서 있는 어머니나 우리들이나

그 모든 세월이 서러움이었습니다.
눈물이었습니다.
홍주송씨 살냄새를 풀풀 날리며
싸리문을 빠져나가던 아버지의 백 상여도
오막살이 터 대나무 뽑아내고
마을 어른들 도움받아 폐교(廢校) 목재로 지은 슬레이트집도
전직 국회의원 밭에서 뜯어온 고구마 줄기 김치로
맞이하던 아침 식탁도
서러움이었습니다.
눈물이었습니다.
외할머니
담양종고 졸업할 때 기념으로 심었던
잣나무가 커서
희디흰 잇몸으로 열매가 고소한데
저는 열매를 먹지 않았습니다.
"술 조심해라." 는
설날 아침 어머니 말씀을 새기는 외손주가 되었습니다.
그 옛날 아버지께서 북망산 가실 때
바가지 가득 넘쳐흐르던 당신 모녀의
산더미 같던 삶의 과제들을
행복으로 받아지지 못하고
누구를 위하여 어떻게 살아가겠다고
말할 수 없습니다.
삶은 감자와 강냉이를 먹고
외갓집 앞마당에 된똥을 누던 아이가
할머니를 찾아왔다고
저 푸른 하늘가에서 소쩍소쩍 울어대는
소쩍새 울음의 사연을
새기러 왔다고 말할 수 없습니다.
외할머니

관산에서

어젯밤 관산에는 밤바다가 울었다.
밤바다를 수놓던 달빛도
소매를 적시고 있었다.
이방인이 묻혀온 도시의 잡답(雜沓)은
앞 바다에서 멈추고
두 귀를 사랑스럽게 만지던
바람 한 점은 끝내
눕고 말았다.

어젯밤 관산에는 접시꽃이 피었다.
꽃송이를 얼기설기 매달고
은빛 바다로 내달리더라.

꽃다방 커피가 식는 동안
얼굴 붉어진 고백은
속도전인가
꽃다방 미스리 주변을 기웃거린
뱃사람 득칠씨
마흔 살 되도록 믿어온 꿈
만선으로 돌아오면 시집간다던 꽃다방 미스리
그 소망은 얼마나 익었을까?
기러기 한 마리
꺼이꺼이 지나가더라.

어젯밤 관산에는 암뱀과 숫장어가
사랑을 나누었다.
사진기 둘러맨 나를 보고

- 끙끙 콧방귀 뀌며 -

이방인의 돌팔매질...
다행히 멈추었다.

뱃사람 득칠씨가 사십을 넘긴 것은
어찌 보면
바다가 숫 것이기 때문인지 몰라
어찌 보면
저 바다에는 처녀가 없는지 몰라
밤새워 밀려든 파도는
흔적 없이 부서지는데
정염의 꽃불을 놓고
저주받을 달음박질!
아! 이건
갯마을 담장을 한 칸 넘어버렸다.

어젯밤 관산에는 변태를 겪는 동물이 있었다.
채 다리를 뻗지 못한 채
도둑게 두 마리 걸음을 떼는데
아뿔사, 파도는 야속하더라.
갯벌의 자잘한 사연들을
철썩철썩 덮고서
밤하늘 달빛이 사라질 때
관산 앞바다는 꿈을 꾸었다.

다음 날 아침
꽃다방 미스리는 득칠씨와 함께
관산 앞바다
암뱀과 숫장어가 사랑을
나눈 곳을 향했다.
접시꽃 한 무더기 구름에 가려 있었다.

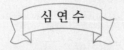

심 연 수

- 경북 안동 예안 출생
- 양평에서 날라리 농부, 건달 시인으로 살고 있음
- 양평문인협회 이사
- 〈시 읽는 여자, 시 쓰는 남자〉 회원
- 2020년 글맥 6인 시집 『심심하거나 혹은 무심하거나』

너에게 골몰한 동안에

빈 밭에 개망초 바랭이풀이 봉두난발이고
옥수숫대는 골다공증이 심해지고
화장실엔 곰팡이가 비밀스레 퍼지고
어두운 항아리에선 모기가 알을 까고
밥물이 우글우글 끓어 넘치고
애호박은 절굿공이처럼 살찌고
부추는 하얀 별꽃을 밀어 올리고
햇병아리들 닭장을 탈출하고
비단풀은 삼복에도 쉼 없이 낮은 포복이다

여름은
저 혼자 골똘히
짙은 여름이 되었다

너의 이름에서 곰팡이 향이 느껴진 거야

철 지난 가을 장미 하나가
마지막 발악처럼
금이 간 담장에 기대 피고 있다

어미 아비는
너의 삶이 아름답길
너의 세상을 향기로
채우길 바랐는데

누군가의 아픔에 기대어
정의와 평화를 빌려
소녀상을 팔고
역사의 상처를 독점하여
길이길이 뽑히지 않을
구국의 강철 빨대를 심어야지

아름다울 美가 아니야
장미 薇도 아니야
어둡고 축축한 곳을 좋아하고
상처와 죽음을 숙주 삼은
검은,

곰팡이 黴

달팽이

동그마니 혼자 웅크리고 있던 달팽이
읍내 오일장에 갔어
골목 귀퉁이에서 팽이를 돌리는 할아버지가
닥나무 채로 때리자
동글동글 무늬를 그리면서 돌아가는 팽이
너무 빠르게 돌아서 윙윙 소리가 나는데
웃음 같기도 울음 같기도 해
때릴수록 강해지는 팽이가 맘에 들어서
집으로 데려왔지
아무도 모르는 동심원 깊이 팽이를 품었어
달팽이관 속에서 팽팽 잘 도는 팽이
더는 혼자가 아니지만 점점 시들고 있는 달팽이
사람들은 팽이가 사라진 줄 알지만
날마다 윙윙 쇳소리를 내고 있지
단 일 초도 멈추지 않아
달팽이는 이제 밖에서 들리는 소리를 들을 수 없어
팽이가 제 목소리만 들으라고 계속 신호를 보내거든
달팽이관 속엔 윙윙대는 소리만 가득해
귀와 혀는 금속성 소리에 뭉크러지고
내향성의 똬리 자국만 선명해져
팽이가 오기 전으로 돌아가는 건 힘들 것 같아

두견이 운다

쪽박 바꿔줘, 됫박 바꿔줘

  시어머니는 젖먹이 딸린 며느리에게 끼니때마다 곳간 바가지 쌀을 내주었다. 손아래 시뉘 시동생 밥까지 퍼 주고 나면 말라붙은 밥알 찌꺼기가 그녀 몫. 솥 바닥 헹군 물로 배를 채우고 밭으로 뛰어갔다. 굶고 있는 며느리 처지를 눈치챈 시아버지, 봄이라 입맛이 없다며 밥을 남겨 상을 물리셨다. 도끼눈으로 흘겨보는 시어머니 통에 그마저도 며칠 못 가고. 삼 년 후 살림날 때까지 며느리는 주린 배를 잡고 감자떡처럼 까매지도록 일만 했다.

쪽박 바꿔줘, 됫박 바꿔줘

망백望百 우리 엄마
긴긴 봄날이 서럽다고

쓴 사람

아침에 일어나 그날 할 일을 종이에 쓴다
빗물 고인 건널목에서 흙탕물을 뒤집어쓴다
기분을 잡쳐서 인상을 쓴다
상관의 마음에 흡족할 보고서를 쓴다
오후 미팅에서 회의록을 쓴다
퇴근 무렵 업무일지를 쓴다
회사 문을 나오면서 모자를 푹 눌러쓴다
집에 돌아와 아이와 놀아주느라 악당 가면을 쓴다
신나게 놀아주려 안간힘을 쓴다
시든 저녁에 가계부를 쓴다
도돌이표 날들이지만 일기장에는 '웃자'고 쓴다
왠지 쓸쓸해져서 부치지 못할 편지를 쓴다
커피 타다가 흘린 설탕 알갱이를 손바닥으로 쓴다
양치하다 말고 헝클어진 머리카락을 이마 위로 쓴다

쓴
하루가 지나간다

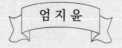

엄 지 윤

- 서울 출생.
- 입시교육계에서 수십 년 동안 국어를 공부하고
  가르치며 늘 시를 읽고 항상 시에 대해 고민하며
  종종 시도 씁니다.
- 365일 내내 치열하고 서늘하게 째깍거리는
  입시 현장의 시계소리에 신경을 곤두세우면서도,
  제자들에게 말랑하고 따뜻하고 강렬한 시의 힘과
  체온을 전해주려 노력하는
  'Thoth 지존국샘(제자들이 부르는 애칭)'입니다.

서해랑의 낙조

황금로의 노을이 타다
해솔길 솔숲 사이로
재가 되어 밀리면

둥그런 산이 밀려왔다 밀려가고
또 다음 산이 오고 밀려 나가고

파도치는 물결 사이
반짝이는 윤슬의 두런거림 속에서
바늘끝 같았던 하루가 가쁜 큰숨을 몰아쉴 때
비로소 들리는 내 내면의 선홍빛 목소리.

서쪽 둥지 찾아드는 새처럼
분주한 사계절의 섬 바람 속을 꼿꼿이 걸어
아득한 수평선과 정면으로 마주 선 궁극의 편안함은
내가 되찾은 두 다리와 같은 자신감.

눈물과 웃음이 밤처럼 낮처럼 겹치며 쌓이다
한 데 버무려진 붉디붉은 시간들이
토실토실 영글어 가을 밤송이처럼 벌어지면

반짝이는 빛이파리
바람 소리를 몸에 감고
고운 깃 퍼득이며
하늘을 난다.

눈 먼 강아지로부터

태어난 지 40일부터
열 네 해를 함께 살아온
우리집 토리가

그동안 너무 많은 세상의 이야기를 보고 살았으니
앞으로는 세상살이 안 보고 살겠다는 듯
두 해 전, 양 눈의 시력을 모두 잃었다.

마른 하늘의 벼락처럼 찾아온 칠흑같은 어둠이
그의 심장마저 차갑게 뒤덮을까
노심초사했던 마음도 기우(杞憂),

흐트러짐 없이 제 냄새를 따라
결연한 발자국으로 자박자박,
화장실에 정확히 볼일을 보고
여전히 다정한 애무의 손길을 요구하고
배꼽시계도 고장없이 정확해서 밥 달라는 씩씩한 짖음소리
시위도 하고

숭고한 삶의 실타래를 조금도 놓지 않는다.

어디서 이리 살뜰하고 어여쁜 게 왔는지
눈이 멀었어도 더 초롱히 빛나는 그의 평화롭고 선한 눈,

눈이 멀었지만
변함없이 담담하고 당당하며 의연한 토리를 볼 때마다
내 온몸과 삶의 정수리를
백만 볼트 전류처럼 훑고 지나가는

부끄럽고도 숙연하고
눈물자국 선명한 깨달음!

아나키아, 아낭케*

굳게 닫혔던 하늘이
마침내 열리고
초록에 물든 불꽃여신
마음도
몸도
함께 열린 날,

가장 높고도 깊은 곳에서
한 점, 맑은 수채화처럼 그려지는
환하고
뜨겁고
기쁘고
충만하고
다정한
춤!

어설픈 내 두 손에
따스한 사랑의 기적을 흘러넘치게 채워서
혼자일 때보다 더 빛나게 해주는 사람

24시간 1초가 모자라게 보고 싶고
끊임없이 머리 속에 눈 앞에
선연(鮮然)히 떠오르는 그 사람.

그래서 세상은
삶이 사라져도 남아있을 사랑의 힘으로
온기(溫氣)를 잃지 않고
그래서 세상은
흐린 날에도 여전히 눈부시게 아름다운 것

심부온도 36도5부의 혈액이
서로의 심장에 닻을 내릴 때
73도의 체온이 확인한 순전(純全)한 마음은

영혼마저 송두리째 내어주는 숙명(宿命)의 끌림
한결 맴맴맴 돌던
진짜 첫사랑의 찬란한 완성.

* 아나키아, 아낭케 (ANArKH, ANATKH) : '숙명(宿命)'이란 뜻의 고대
그리스어로서 태어날 때부터 타고난 정해진 운명, 또는 피할 수 없는 운
명이라는 뜻이다.
'노틀담의 꼽추'에서 작가 빅토르 위고가 이 단어에 영감을 받아 작품을
쓰게 되었다고 한다.

l the man (원더맨)

심해(深海)를 닮아 견고하고 깊은 눈과
불타는 스무 살, 사자의 심장을 가진 그가

겁도 없이 자신의 목숨인
심장(心臟)을 기꺼이 내어주겠다 했을 때

열기에 휩싸인 무모한 고백쯤으로 넘겼다가
그 서투른 판단의 대가(代價)로
혹독한 행복의 후유증에 포로처럼 갇히다.

흔들림없이 고요하던 내 심장(心臟)에
들숨날숨 어느 틈이나 공기(空氣)처럼 비집고 들어와
물수제비같이 동그랗고 선명한 파문을 일으키는
그의 숨소리가

천 마리 맑은 학의 날갯짓을 담은 첼로 소리를
너울너울
새벽부터 밤까지 몰고 다닌다.

심장이 없어도 힘차게 살아 있고

희끗해진 세월이 얹힌 머리카락을 지녔어도

갓 스무 살 청년처럼 뜨거운 환희로 숨쉬는

단 한 사람

경이로운 원더맨(1 the man)

나의

그

남

자.

*종필(縱筆) 한 수(首)

삶의 고갱이와 변곡점에서
불모지(不毛地)숲 속 화원(花園)을
겁없이 들어서는 순간,
그의 계획은 완벽하고 헌신적이며
신비롭고 뜨거웠습니다.

오래도록 우리를 기다렸던
거대한 하늘같은 운명은
함께 선택한 기회(機會)인 필연일까요
설레고 떨리는 백지(白紙)의 숙명일까요

끝이 안 보이는 긴 여정 속,
불청객처럼 문득 찾아들지도 모를 몇 조각의 고통들도
함께 걷는 인생길에 감내(堪耐)할 양념이라 여기며

신(神) 앞에 간곡한 겸손과
온몸을, 마음을 전부
온전한 제물로 바치고

빳빳이 풀 먹인 의지(意志)의 흰 돛을 다는
가장 따뜻하고도 푸른 항해(航海),

숨이 멈추는 영겁(永劫)의 그날까지
오래오래 ……

함께 다시 짜는 영롱한 시간의 그물.

* 종필(縱筆) 한 수(首) : 손이 가는 대로 자유롭게 쓴 시 한 편

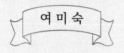

여미숙

- 서울 종로3가에서 Jewelry Shop 운영중

개구쟁이

소설 지나 대설인데도
날씨 탓인지
놀이 찾듯 신나게
뛰쳐나와
두리번거리는
호기심 가득 찬
영산홍

손자를 보는 것 같다
바라만 보아도
저절로 입 벙글어지는

산수유 필때면

봄이 오면
마음이 마중 나가
노오란 안부를 읽는다

산수유 꽃말을 내게 알려준 너는
밤하늘의 노오란 꽃이 되었지

너의 환한 웃음도
그날의 따스한 햇살도
보드라운 바람도
찾을 수 없어

노오란 슬픔을 읽는다

사월 비빔밥

이팝나무에 핀 꽃 보니
허기가 돋아나네
양푼 가득 밥꽃 따다 넣고
연둣빛 새순 서너 장
바람 두 스푼
새소리 두어 방울
햇살 한 숟갈 퍼넣고
쓱쓱 버무려 비벼 먹었으면 하는데
핸드폰 자지러지게 울어댄다

"여보, 때 지난 지 언젠데 여직 밥 안 차리고 뭐해?"

꿈꾸는 여행 가방

베란다 구석에 놓여 있는 커다란 가방
깊은 잠에 빠져 꿈을 꾼다

파타고니아 피츠로이 일출을 보며
불타는 고구마의 뜨거운 정기도 받고
페리토 모레노 빙하를 걸으면서
푸른얼음 빛깔에 취해 눈이 멀어도 좋으리
볼리비아 우유니 소금사막 위에서
하늘과 땅 하나 되는 커다란 거울
위에서 멋지게 포즈 취하고
밤하늘 별빛 내리면 눈부신 요정도 되어보리
남미 끝 칠레 이스터섬에서
해질녘 모아이 석상과 어깨 나란히 하고
자연의 일부가 되어도 좋으리

가본 듯 낯익은 풍경들
손으로 터치만 하면 튀어나오는 명소들
언젠간 꼭 가리라
드르륵 드르륵 발자국 소리를
길게 내면서

집에 가자

집 · 에 · 가 · 자

 그녀의 목소리가 징이 울리듯 뼛속 깊숙하게 파고들었다
그녀는 말하는 것조차 힘들어했지만 어디서 그런 소리가
나오는지 놀라울 정도로 아주 또렷하고 무거운 목소리로
'집에 가자, 같이 가자'라고 울음을 토해 내듯 말했다
얼마나 간절하고 애달픈지 붙잡고 있는 손에 미세한 떨림
이 느껴졌다 바라보는 눈빛을 애써 외면하면서
얼음처럼 몸이 뻣뻣하게 경직되는 것을 알면서도
알았다고 건성으로 거짓말을 했다 똑 똑 문이 열리면서
면회 시간 5분 남았다고 담당자가 알려주자 그녀의 눈에서
그렁그렁 물이 맺혔다 휠체어에는 백발의 아기가 엄마와
떨어지지 않으려 손을 꼭 붙잡고 애절하게 바라볼 뿐이었
다 종소리에 힘없이 떠밀려 가는 그녀의 뒷모습을 바라보
며 추적추적 내리는 가을비에 마음을 적시고 있었다 젖 먹
는 아기 떼어 놓고 퉁퉁 불어 젖몸살 난 산모처럼 집에 같
이 가자는 소리만 귀에 달고 와서 징징 울려 온몸이 퉁퉁
부어 하염없이 몸통을 울어대고 있다

2024.9.12 (시어머니 요양원 첫 면회하고)

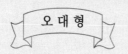

오 대 형

- 〈시 읽는 여자 시 쓰는 남자〉 정회원

아버지의 리어카

 이파리가 꽃보다 아름다운 계절이었다.
 어릴 적 고향 저수지 뚝 가엔 버드나무가 지천이었다. 여름 이맘때쯤엔 키 큰 나뭇가지 끝에 싱그러운 바람이 아주 터 잡고 살았다. 전쟁이 끝이 난지 그리 오래되지 않았지만 참 평화로운 곳이기도 하였다.
 내가 태어난 곳은 대구의 어느 변두리, 그리 높지 않은 쌍봉의 낙타 등처럼 나지막한 산이 품고 있는 작은 동네였다. 우리는 그 산을 연애산이라 불렀다. 산 아래 옹기종기 자리한 가난한 집들의 마당 위로 맨발의 하늘이 수도 없이 뛰어내렸다. 사시사철 다른 빛깔의 꿈을 꾸며 때로는 붉게, 때로는 푸르게.. 까까머리 소년은 바람처럼 산야를 누비며 살았다.
 그 난해하고 가난한 동네의 한복판에서 아버지는 고물 장수를 하며 우리를 키웠다.

 어린 나에게 아버지는 곧 물음표라는 기호였다.
 하얀 쌀죽을 잡수실 때도 밥상머리 맡에서 빤히 아버지를 쳐다보는 나와 동생에게 언제나 반 그릇쯤을 남겨 주셨다. 도대체 아버지는 왜 이 맛 나는 음식을 다 안 잡수시고 늘 남기시지? 나는 그게 항상 의문이었다.
 슈퍼맨처럼 뭐든 다 할 수 있으실 것 같는데, 뜻대로 움직여 주지 않는 세상과 세월을 향해 늘 독화살을 쏘아대셨던 아버지. 등에 칠 남매나 되는 어린 입들을 짊어지고 아마도 삶에 지쳐있으셨을 아버지. 지치고 무너진 시간의 절반 너머를 술로 채웠던 아버지.

참... 이해하기 어려웠던 아버지 때문일까, 덩달아 내 꿈도 삭아 내렸다.

아버지를 따라 고물 장수 리어카를 뒤에서 밀며 따라다닐 적, 일이 끝날 즈음 아버지는 여지없이 만취 상태였다. 술에 절은 음성으로 밤새도록 부르는 '홍도야 우지 마라' 는 내 귀엔 그저 귀신 우는 소리나 다름없었다. 무섭고 싫었다. 엄마와 걸판지게 싸움 굿을 벌이다 방문이 조각조각 났고, 그 구멍을 군용 담요로 가려 칼바람을 막으면서 엄마는 울고 또 울었다. 그 울음을 듣던 나도 따라 울고 싶었지만 참고 숨을 죽였다. 차라리 아버지가 없는 앞집의 덕이가 얼마나 부러웠는지 모른다.

알 수 없이 들끓는 마음으로 가득 찬 열다섯 살쯤일까. 고물 장수 리어카를 팽개친 채 숙취에서 헤매며 일어나지 못하는 아버지의 머리맡에 장문의 편지를 남기고 난 양말 공장에 일하러 갔다.

밤새 그 편지를 쓰면서, 나는 나름 고단했던 열다섯의 세월을 떠올려 보았다. 어린 마음속으로 그려보는 슬픔의 그래프는 한 번도 0으로 내려온 적이 없었다. "... 좀 잘 살고 싶어요." 마지막 문장에 마침표를 찍을 때는 그만 눈물이 났다. 끅끅 숨죽여 통곡을 하고 말았다. 아마 마음이 많이 무너져 내렸기 때문이겠지.

편지를 남기고 집을 나오자 눈물은 식었다. 대신 가파른 언덕길을 걸으면서 헉헉헉 내뿜는 숨엔 부글부글 오기가 잔뜩 차올라 있었다. 하루 종일 양말 공장에서 물레에 실을 감으면서 나는 수없이 생각했다. 이제 질곡의 땅에서 벗어나자고....

공장이 끝나고 나는 내키지 않는 걸음으로 집으로 향했다. 그 밤길에 떠 있던 달은 아직도 뇌리에 생생히 남아 있도록 밝았다. 집이 가까워 올수록 발걸음이 쳐졌다. 다시 돌아가면 아버지가 있다. 편지를 읽으셨을까? 화가 나셨을까? 이제 집까지는 얼마 남지 않았는데......

　"이제 오냐."

　아버지였다!

　집으로 가는 골목 끝 배꼽마당 평상에 아버지가 앉아 계셨다. 여기서 언제 올지 모르는 나를 내내 기다리셨던 거였다. 생각지도 못했던 아버지의 모습에 깜짝 놀랐던 나는 홀린 듯이 아버지의 옆에 가서 앉아 숨을 죽였다. 아버지의 엷은 숨에서 은은한 막걸리 냄새가 났다.

　뭐라고 하실까? 어떤 처분이 떨어질까....?

　한동안 바람도 숨을 죽였다.

　그런데. 그때.

　아버지의 입에서 연한 노랫소리가 흘러나왔다. 뜻밖에도.

　"푸른 하늘 은하수~~~ 하얀 쪽배엔~~~~"

　아...... 마치 자장가 같았던 그 소리.

　달빛 아래 얼핏 돌아본 아버지의 얼굴이 왜 눈물 빛이었는지.

　그날 내 가슴에도 시큰한 강물이 줄줄 흘렀었다.

나는 이제 아버지의 그때보다도 훨씬 더 많은 나이다.

나보다 젊었던 그 시절의 아버지는 자주 내 안에 머무른다. 아버지의 리어카도 사각사각 소리 내며 아버지와 함께 찾아오기도 한다. 눈물도 한숨도 오기도 슬픔도 이미 다 흘러가 버린 세월이 그리운 색깔을 입고 마음속에 둥둥 떠다닌다.

커피포트에 차를 담고 따뜻한 물을 붓는다.
진하디진한 차 향처럼 다시 아버지를 우려내고 싶다.
봄이면 피는 소박한 들꽃처럼 다시 아버지를 피우고 싶다......
차처럼 향기롭고 들꽃처럼 예쁜 아버지와 다시 만나고 싶다.

이 별

오늘처럼 달이 밝은 날이면
기억은 강물을 타고 아주 오래전으로 흘러간다.
언제였을까
그 밤도 오늘 마냥 보름처럼 밝은 달빛이었다
성당 안 담장에는 붉은 장미가 피고 있었다
긴 세월 나의 정성이 부족했던 것일까.
찌푸린 그녀의 이맛살은
헤어지자며 거침없는 찬 바람을 일으키며
돌아서 갈 때 그녀의 보라색 블라우스
어깨 위로 하얀 달빛이 소복하게 쏟아져 내린다.
기어이 나에게 시린 아픔을 주고 떠났다
얼어붙은 가슴.
소나무 껍질 같은 마음을 칼로 베이는
아픔을 긴 세월 견뎌야 했다
이젠 그만 잊어버리자고
그도 지금 나처럼. 머리에 흰 서리가 내렸을 것이라고.
그러나. 어쩌랴.
뒤돌아본 세월이 한 움큼도 안되는걸.....

누 이 동 생

어찌나 하늘에서 아기 주먹만 한
잿빛 사공이 천지를 하얗게 물들이고
미친 눈보라는 대나무 숲 사이로
큰 숨을 가쁘게 몰아쉬며 지나간다
재 넘어 높은 골짜기에
시집간 누이동생이
꽁꽁 언 발에 쌓인 눈 치우고
서방님 오시기를 까치발 들고
삽짝 밖을 하염없이 쳐다볼 걸 생각하니
오라비 가슴도 쌓인 눈처럼 무겁네
괜스레 컹컹 짖어대는
강아지에게 욕찌그레를 한다
빌어먹을 놈
뭐가 좋아서 펄쩍폴짝 뛰어 쌓노.
하늘을 보니 아직도 눈이 펑펑 내린다.
우짜꼬. 우짜꼬......

티베트 버섯

분꽃 같은 누이동생이
꽃씨를 가져왔다
예쁜 병에 꽃을 심었다

아침에 일어나니
조팝꽃보다
더 하이얀 꽃송이가
몽글몽글 피었다

밥 짓는 아내에게
꽃을 선물하였다.
아내의 입가에
꽃이 피었다

내 입가에도
꽃이 피었다
우린 모두
꽃이 되었다

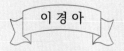

이 경 아

- 시인, 수필가, 사회복지사, 인권강사
- 2004년 백두산문학으로 시 "가을날의 동화"
- 2005년 백두산문학으로 소설 "아우라지 사랑"
- 노원문인협회 회원
- 한국문인협회 회원
- 한국여성문예원 회원

코스모스 필 무렵

9월엔 친구처럼 그립다

하늘 사이 가려진 햇살 한 모금
하늘거리는 바람결
코끝을 간질이는 수줍은 향
가을의 물음표를 알린다.

나와 다른
너의 가녀림을 부여잡고
바람결에 팔짱 끼고 가련다
파란 하늘 아래
수채화 되어서 가을이란 이름으로 걸려있다

삶의 음표 같은 너

가만히 있어도
보조개 사이 핀 미소에
다가오는 사람들

소녀 같은 감성으로

너와 나

무척이나 닮아가고 있다.

아니 닮고 싶다.

그래서 난 공원을 매일 찾는다.

오십의 노래
- 미리 걱정하지 마라

느리게 나이 들고 싶다.
적당히 잊어버려도 좋을 나이이고 싶다.

우리
일어나지도 않은 내일을 생각하고
미리 시나리오를 쓰면서
머리 아프게
가슴 한켠 저미도록
스스로를 힘들게 하는 건 아닌지..

남들보다
잘 되고 싶은 마음
빠르게 이루고 싶은 마음으로
미리 걱정하는 건 아닌지

마음으로 그림을 그리듯
하루하루의 소중함을
아직 오지 않은 날들을 위하여 아껴두고 싶다

나답게 나이 드는 즐거움을 느끼고 싶다
미리 걱정하지 않으면 될 일이다
너로서 충분하다

너. 너무 애쓰지 마라
너에게 온전히 신경 쓰면 될 일이다
흐르는 물줄기에 마음을 담아보자.

삶, 그대에게 안부를 묻다

바람결 살포시 닿는다

마음의 안부를
엄마의 안부를
밤의 안부를..
기억의 안부를 묻고 싶다

아주 가끔 그대의 소식을 묻곤 했다.
혼자 외로워할까 남몰래 묻곤 했다

마음이 편안한지
엄마는 건강한지
밤에 별은 잘 비추는지
보일 듯 말 듯 잡히지 않는 기억 속 그대

이제는 살아있는 모든 것에 안부를 묻고 싶다.
만나는 모든 이에게 미소로 표현하고 싶다

길의 안부를 물으며 걷고
꽃들의 안부를 묻고
내 몸 안의 안부를 묻고
내 몸 밖의 안부를 물으며
나는 늘 안부를 기다린다.

삶. 나의 안부에게 편지를 쓴다

무장애 숲길

누구나 갈 수 있는 길
함께 손잡고 갈 수 있는 곳
도토리 줍고
가시안 속 밤 찾기 하며
오르는 네 바퀴
네 다리의 땀이 있는 곳

어깨 펴고 바라본 하늘엔
함께 걷는 이들의 발소리
메아리 되어 퍼지는 함박웃음이
그림처럼 펼쳐져 있다

엘리베이터로 올라가는 전망대
동서남북이 가까워 보이는 곳
이곳은
우리 모두에게
힐링이 되고
치유가 되고
있는 그대로를 안아주는 곳이 되었네

오늘도 걸으리

코끝을 스치는 나무 냄새

귓가에 속삭이는 나무 소리

산을 바라보며 나누는 차 한잔의 행복

무장애 숲길이 있기에

걷기 자체가 자유롭다

장애 비장애 구분 없는 무장애

이런 곳이 많았으면 좋겠다

풀 내음 가슴 한켠

우리는 동그라미 바퀴 안에서 세상을 배운다

나. 너. 우리의 소중함을 그려본다

시비 노래

우리 곁에 살아 있네
주옥같은
한 글자
한 마디
살아 숨 쉬는
시의 노래

마음 한켠
자연스럽게 발길이 머무는 곳
시는
우리에게
쉼을 주고
힐링의 시간을 주고 있다.

바쁘다는 핑계는 말라
길을 우연히 걷다가
가끔은 하늘도 보고
땅도 보고
옆도 보아라
고개를 돌리면 보이는 시비

술래잡기처럼
찾는 즐거움을 주는 우리들의 시비

지나치는 돌덩이가 아닌
잠시
머무르며
생각을 하게 만드는
우리들에게 친구 같은 존재
"시비"

시를 모르는 사람도
머무르게 만드는
우리들의 시비
시인의 영혼이 담긴 보물

힘이 되고
위안이 되는
시비가
그대의 가슴안에서 노래하리..
아름다운 시여..
시비의 모습으로 우리 곁에 함께하소서

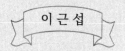

이 근 섭

- 영남대 공대 졸업
- 늘 흔들림에
  안스럽게 그지없지만
  틈이란 틈마다
  방부제 처럼
  발효된 인생이기를
  찾아서
  오늘도 삶의 여정을 떠납니다

가족

박제된 생각

양각화 하려고

무던히도

무던히도

애를 씁니다

한치도

잊어버리지 않으려고

밤마다

이불을 머리채까지

덮고서는

흑백 사진의

음영을

슬픈 물로

씻어내고는

36.5도

체온으로

기억을 온전하게

말려

복원합니다

살아간다는 것

게슴츠레한 눈으로
주위를 살핀다
눈치가 나를 살찌우고
나의 가족의 일용할
양식을 거듭거듭
밥상에 올려 주시는
눈치님
너무 감사합니다
하늘을 우러러 한점
부끄럼 없이 살기로
한 언어는
나의 도그마에 갇혀
더 이상
나의 왼쪽 가슴의
부표가 아닙니다
여염집 아낙네들의
생활력의 언어로
변하게 하신 눈치님
너무나도 감사합니다
그 또한 밥상의 한계 지선에서
한 발자국도 물러나지
않게 해주심에
감사입니다

통과의례

모란 오일장이
서는 날
난전을 기웃거리는
오래된 삶들
숨죽여
밤을 무사히 통과하고
꺼칠한 민낯으로
낯설지만
기억의 소자가
무의식을 가져와
낱낱이 분해하고 나서야

야시장을 누빕니다

추상1

햇살 감추는 날
시간은 슬그머니
꼬리는 내리고
닿지 않을 거리에 있는
석양이 붉은 머리를
조아립니다
가을 초입이라는
문패는 매년 갈비뼈에
묻어둔 심장의 고리에
걸어 내고 얼마나 호올로이 쓸쓸한 코트 깃에 반질반질 닦
인 가을의 깊이를
만지며 가야 하는지
엄두가 나지 않습니다
그곳에 누가 있습니까
그곳에 나를 기다리게
하는 그 어떤 것이 있기에 나를 여기까지
끌고 왔는지 사뭇 궁금합니다 되돌아 갈 수 없기에 오늘도
가을 깊은 사색에 나를
빠뜨립니다

추상2

지난해 가을 편에 부치지 못한 상심은
푸른 하늘에 피는 곰살궂은 햇살
가닥 가닥에 매달려
애끓어 피우는
저녁을 기웃거린다
긴 목 빼고
누워 흐르는 짙은 그림자
서랍 속 인화되지 않은
흔들린 가슴 편에 작년 이맘때쯤
가을 주소 오류로 반송된 몇 통의 가을
편지가 서랍장 암흑에서 섣부르게 인화된
잉크를 말리고 있었다
낙엽들의 붉게 양각된 생각들
하잖고 소심한
시간의 간극을 타고 흐르는
나뭇가지들의
잎사귀 떨구어내는
아픈 가을 추상에
사위가
숙연하다

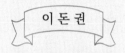

이 돈 권

- 서울 돈암동에서 태어나 담양에서 성장
- 〈영화가 있는 문학의 오늘〉에서 시작 활동 시작
- 〈시 읽는 여자, 시 쓰는 남자〉 리더
- 시집 : 희망을 사다(천년의 시작, 2019)
  그대 내 마음에 넘쳐 날 때(천년의 시작, 2024)
- 한국공인중개사협회 서울북부회 부회장

포노 사피엔스*

전철을 탄다

건너편 일곱 명 중
여섯 명이
포노 사피엔스다

나머지 한 명은
꾸벅꾸벅 슬리포 사피엔스,

그의 손에도
폰이 들려 있다

*'포노 사피엔스(phono sapiens)'는 '스마트폰(smartphone)'과 '호
모 사피엔스(homo sapiens: 인류)'의 합성어로, 휴대폰을 신체의 일부
처럼 사용하는 새로운 세대를 뜻한다.

물주

  중개사 공부를 같이한 후배를 20여 년 만에 만났다.
빛나는 엠블럼을 단 외제 차에 목걸이, 팔찌가 번쩍거린
다. 잘 나가는 것 같다고 했더니, 강남 재개발에 손을 대서
재미 좀 봤다고 한다. 자기 뒤에는 큰 물주가 여럿 있단다.
형님은 물주 좀 잡았냐고 한다.

  생각해 보니, 별 물주가 없다.
  그러다가 번쩍 생각이 난다.
  그럼, 나도 있지.
  그런 물주들하곤 비교도 안 되지.
  어마어마한 물주
  내가 아버지라고 부르는 물주,
  조물주가 바로 나의 물주이거든.

더하기와 빼기

너에게 나를 더하면
우리가 되고
너에게서 나를 빼면
남남이 되네

같은 땅
같은 하늘 아래 태어나
너와 나는
왜 더하지 못해
우리가 되지 못하고
남남으로 살아갈까

혼자서는 외롭다고
둘이 만나 한 몸 된 부부들
왜 더하지 못하고
빼고 빼다 다시 혼자가 될까

한 몸에서 태어난 형제들도
한 줌 남겨진 재산 때문에
빼기를 계속하다
남남을 넘어 원수가 되네

덧셈을 먼저 배우고
뺄셈을 나중에 배웠는데
우리는 왜 뺄셈을 더 좋아할까

이순이 되어도
아직도 어렵기만 한
더하기와 빼기

기다리실게요

동네 의원에서
간호사가
저주파 치료기 강약을 조절하면서
괜찮으실까요?
순간 이게 어느 나라 어법인가
몇 번을 되뇌어 본다

치료 끝나고 계산하려고 서 있는데
앉아서 기다리실게요

의원 문을 나서는데
안녕히 가실게요

환자들에게
부드러운 말투는 좋으나
변형된 존칭법이 마음에 체한다

어깨의 통증은 좋아지는데
족보없는 어투가 이명처럼
귓가에 윙윙거린다

그대 아내이고 싶다

내 안에 있는 사람이
아내이다

안에 있어 빛나는 사람이
안 해이다

그대 내 안에 있어
아내인데
나도 그대 안에 들어가
그대 아내이고 싶은데

문이 굳게 닫혀 있네

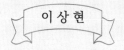

이 상 현

- 1961년생
- 경남 산청 출생
- 한국문인협회 회원
- 노원문인협회 부회장

광화문광장에 눈이 내렸으면 좋겠습니다

광화문광장에 눈이 내렸으면 좋겠습니다
광화문광장에 눈이 소복하게 쌓이면
우리 모두
광화문으로 달려 나가 눈싸움을 해요
이념이 달라서 지역이 달라서
갈라선 사람
부자라서 가난해서 종교가 달라서
서로 화합할 수 없는 사람
이런 보기 싫은 얼굴들은
부드러운 눈으로
우리 원 없이 때려줍시다

우리
눈송이를 맞아 웃는 사람은 서로 용서해줘요
그런 다음 서로 가슴을 열고
어깨를 맞대고 눈길을 걸으며 얘기해요
무엇을 잘했는지 무엇을 잘못했는지를
그리고 서로를 다독이며
이렇게 해라
저건 저렇게 해라
이러이러해서 이래야만 된다
그렇게 하루해를 보내고

저녁이 오면

따뜻한 비가 내렸으면 좋겠습니다

온갖 더러운 신발을 닦아낸 눈들과

세상에 쌓인 더러운 것들이

깨끗이 녹아내릴 때까지

우리들의 신발이 깨끗해지도록

그렇게 새 아침이 아름답도록

술항아리

따뜻한 겨울날
나무 한 짐을 해지고
산을 내려온 아저씨
목이 말라
차가운 막걸리가 생각났다
관이댁이 밭 찔레 덤불 속에
술항아리를 숨겨둔다는 것을 알고 있었다
나뭇짐을 내려놓고
술항아리가 있는 곳으로 달려갔다
비닐을 걷고 뚜껑을 열자마자
술항아리를 달랑 들어
차가운 술을 벌컥벌컥 마셨다
온 전신이 짜릿했다
그때 입 주변에 와 닿는 것이 있었다
섬뜩했다 이게 뭘까
술항아리를 내려놓고 기겁했다
술항아리에 쥐 한 마리가
빠져 죽어 있었다
그렇게 맛있게 넘어가던 술이
역주행을 하기 시작했다
아저씨는 온종일 구토했다.

장미

붉은 장미 한 송이를 보다가
무지 사랑했던 이,
유혹하는 그 입술을 보았다
사랑 고백을 두고
밤을 하얗게 하얗게 새웠다
눈을 감으면
내 앞에 있는 입술,
몇 달 동안 사랑을
앓다가 앓다가
고백을 했다
장미 가시가
내 가슴을 뚫고 들어왔다
고통에도 뽑을 수가 없었다
한동안 앓다가
가시를 묻어두고 잊고 살아왔다
오늘 장미 한 송이가
그녀를 다시 데려와
나의 가슴을 찔렀다

플라타너스

초등학교 교정에서
너를 처음 보았다
운동장 한켠에서
우람한 몸통과 가지를 자랑하며
교실을 품고 있었지
내가 가장 큰 나무로 여겼던
동네 당산 느티나무보다 크고
넓은 잎과 가지에 달린 방울
이국적인 모습과 이름이 경이로웠다
너의 높은 가지 끝을 올려다보기 위해
교정 울타리에 등을 기대고도
너의 높은 가지 끝을 보지 못했다
내가 상급학교에 진학 후
몇 해가 지난 다음 너를 찾았을 때는
가지들은 잘려 나가고
몽땅 연필이 되어 운동장에 서 있었다
또 몇 해가 지난 다음 너를 찾았을 때는
너는 보이지 않고
넓은 운동장이 펼쳐져 있었다
너는 기억 속에 존재하는 나무가 되어 있었지

도시의 거리에서

다시 너를 보았다

일정한 거리를 두고 줄지어 서서

푸른 이파리로 젊음을 자랑하고 있었지만

교정을 덮을 듯 한 가지와

하늘을 찌를 듯이 높았던

가지들은 보이지 않았다

내 어린 시절 꿈과 이상들이

성장해 가면서 하나씩 잘려 나가

흔적만 남았듯이

너와 나는 같은 처지가 되어 있었다

내가 걷고 싶은 길

여명의 새벽
겨울안개 자욱한 숲
피어오르는 안개에 가려
검은 나무들이 길을 따라 서성대는
아무도 가지 않는 길
소름 돋고 머리카락 쭈뼛 서는 곳
그 길을 걷고 싶네
걸어온 길에 남겨진 발자국 따라
누군가 날 찾아
이 길로 접어들길 바라네
미지의 세계를 향해 내딛는 발걸음의
두려움과 희망찬 기대
눈 밟히는 뽀득거림
아무도 걷지 않는 길
걷는 자릿한 기쁨 맛보며

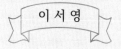

이 서 영

- 1965년 경북 왜관에서 태어남
  중앙대학교 예술대학 영화학과 졸업
- 도시에 살다가 4년 전 경남 합천 가야에 귀촌함
- 2024년 4월 글타래 회원들과 공동시집
  《소리길에서 시를 품다》
- 2024년 9월 개인 첫 시집
  《오늘 치 햇살 어쩐담》을 펴냄

엄마와 다시

엄마 돌아가시기 얼마 전
얼마 못 살 거라며

안 쓰고 아껴 두었던
도마 프라이팬 카펫
다 가져가라고 했잖아
그때 얼마나 가슴 짠했는지 몰라

거실에서 나 혼자 춤출 때
엄마가 같이 춤춰 줬잖아

현철의
사랑은 나비인가 봐
봉선화 연정
청춘을 돌려다오

엄마의 18번 노래 들으며
춤추는 엄마 얼굴
18세 소녀 같았어
그때 얼마나 행복했는지 몰라

엄마 돌아가시기 한 달 전
나보고 대구 내려와서
얼마 동안 같이 있자고 했을 때

내가 몸 안 좋다고 거절했잖아
그때 얼마나 미안했는지 몰라

엄마,
다시 돌아가면 다 들어 줄 거야
정말이야

장마

갑작스러운 장대비로
소리길 골짝에
흙탕물이 천둥소리를 내며 흐른다

부러진 나뭇가지
뿌리째 뽑힌 나무
물 위에 둥둥 떠내려 온다

건너편 주홍빛 나리꽃이 놀라
목을 쭉 내밀며
파르르 떤다

어느 늦은 오후

한적한 길 한가운데
가만히 누워 있는 고양이

눈을 지그시 감고
배는 볼록볼록

바람과 노을이
소리 없이 다녀간다

환갑을 넘기며

환갑이 되자
하루하루 달라진다

자꾸 얇아지는 눈꺼풀
늘어나는 목주름
딸리는 체력

누군가는
늙는 게 아니라
익어가는 거라는데

햇빛과 바람에
콩이 익고 벼가 익듯이
나도 익어가겠지

잘 익어
마지막 한 알까지
버릴 게 없게 해야지

하루 내내 그렇게

몸이 많이 아프고 난 뒤로
자꾸 혓바늘이 난다

멀리 나가지 못하고
집 앞에 앉아 시간을 보낸다

따사로운 햇살이 좋아
눈물이 나기도 하고

부지런히 움직이는 개미가
한없이 부럽기도 하고

둥실 떠다니는 뭉게구름에
넋을 놓기도 하면서

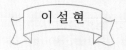

이 설 현

- 1968년생
- 충청남도 청양 출생
- 노원문인협회 회원

당신을 펼쳐봅니다

책상에 놓인
오래된 책을 펼칩니다.

누런 종이 위
다채롭게 돌출되는 문장들 사이
당신이 전해 준 말들이

페이지를 넘길 때마다
오늘, 내일이 어제의 순간에 꽁꽁 얼어붙었다
와르르 당신으로 쏟아집니다

앵앵거리며 우는 바람
떠오르는 태양, 바닷가의 석양

당신과 주고받던 눈빛과
이해되지 않던 순간들이
문장들로 스물스물 깨어나 길을 들 때

아삭 깨물면
가을 과즙처럼 물씬 배어 나는
당신, 당신의 페이지를 펼쳐봅니다

사랑이죠?

담배꽁초가 널린
편의점 앞 의자에 앉아
골목을 바라봐요.

가을 햇살과 교배를 끝낸 나뭇잎이
붉은 얼굴을 추스르기도 전

들이닥친 찬바람에
몸을 떨어요

고향집을 찾아서

빈집을 오래 바라본 적이 있어요
형체를 잃어버린 것들이
여기저기 나뒹굴고

겨울밤이면
고사리 같은 손들이
웅성거리며 빛나던 화로
화로의 열기가 사그라질 때
들리던 어머님의 기도 소리

아버지가 뿌렸던 향수
아이들이 성장통을 겪을 때
손녀들을 위해 준비한 아버지의 의식

아버지는 엄마를 만났을까!

문득,
낡은 거울을 보니
거울 속에 아버지가 있네요

매미

누런 옥수수밭
이슬 맺힌 거미줄에
몸통 없는 은빛 날개만 반짝입니다

나무에서 우는
매미들의 곡소리
폭염으로 쏟아집니다

담장 아래, 튤립이 빠끔

삼월
당신의
부푼
사랑이
내게 들어와
뽀얗게
터지는
붉은 수줍음

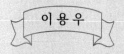

이용우

- 1963년12월19일
- 〈시읽는 여자, 시쓰는 남자〉 정회원
- 1996년"하루살이와 가로등" 결혼기념 시집
- 현재 " (주)다인식품" 근무중

위선 찬가

너는 말하고 나는 듣는다
너는 묻고 나는 대답한다
예의를 갖춰 응!
너의 말은 아스팔트 위를 뒹구는 낙엽처럼
내 귀에 닿기도 전에 흩어지고 부서진다

지난밤 잠에 서로 등 돌리고
새우처럼 웅크린 허리가
내 맘처럼 펴지질 않는다
지난밤 꿈에 냉소적인 나의 말과
온갖 것을 부수며 파괴하던 내가 무섭다

아 이 모든 걸 감출 수 있는 얼굴이 있어
얼마나 다행인가
보이고 싶은 것만 보여주고
가릴 건 가려주는 너로 인해
세상을 얼마나 평화롭고 평온하게 하는지
난 너의 너머를 탐하지 않겠으니
넌 나의 속 엿보지 않기를
그리하여
나의 다중성을 가릴 수 있는 위선은
인간의 경이로운 숨김

오늘

이별의 고통이 두려워 사랑을 외면하랴
끝이 두려워 시작을 아니 하랴

산마루 붉게 지는 노을처럼
서러웁게 잔 세월 보냈어도
또다시 이어지는 찬란한 오늘

절망이 두려워 희망을 품지 않으랴
죽음이 두려워 삶을 살지 않으랴

바위에 부서지는 파도처럼 산산이 부서져
내게 주어진 오늘 속에 녹아들고 싶다

꽃1

꽃이 아름다운 것은
마침내 시들기 때문이다
한 시절 찬란함을 뒤로하고
미련 없이 시들기 때문이다

인간이 인간다운 것은
속물이기 때문이다
시기, 질투, 미움 그리고 마침내 사랑!

이 지구의 작은 별에 은혜로이 살다가
저 스러지는 꽃처럼 한 점 후회없이
내 삶을 뒤로 하고 미련없이 떠나기를
꽃들에게 말 걸어 본다

꽃2

이토록 찬란한 봄에
이쁜 꽃만 이쁜 건 아니다
네가 꽃이라는 존재 자체만으로도
충분히 이쁘다

누구의 눈길 한 번 받지 못한
돌 틈에 피어난 제비꽃이여
언덕길 시멘트 계단 틈을 비집고 피어난
한 송이 민들레를 보라

흐드러지게 피지 않아도
너는 지극히 아름다운 꽃
널 볼 때 내 가슴은 벌렁거리고
너로 인해 전율 하도록 심장이 뜨거워진다

꽃3

올해 피는 꽃은
작년의 그 꽃이 아니다
매년 같은 자리에서 같은 모습으로
꽃 피우기 위해
휘몰아치는 비바람과 혹독한 엄동설한을
견뎌야 했을 나뭇가지에서
잎새보다 먼저 터트리는
환희의 꽃망울

지금의 나도
작년의 내가 아니다
오늘의 내가 이 자리에 존재하는 것은
이 풍진 세상을 버티고 견뎌온
세월의 무게이겠다

올봄에도 새롭게 피어나는
꽃처럼
나도 이쁘게 피어나
더욱 진한 향기로
너에게 스며들고 싶다

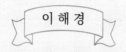

이 해 경

- 시인, 수필가, 문학평론가
- (주)문화앤피플뉴스 신문 및 출판사 대표, 발행인
- 라이온스클럽 354-A지구 회원
- 저서 『아름다운 삶』『장미 매점』『시, 명작이 되다』
  『세계화를 향한 한영시선』『미래소설』동인 외 다수

개미와 시인

시 쓰는 일이 무에 대단한 일이라고
환한 불 켜놓고 독점하는 거실에
개미 두 마리 갈 길이 바쁘다

어느 우주에서 왔을까?
틈마다 집중 살포하는 살충제에도
먹고 살아남아야 하는 생의 필연인가
빵가루 무게 잡고 연신 시소를 탄다

먹다 보면 저절로 떨어져 내리는 것들
시인은 그 삶의 부스러기를 모아
냄비에 불을 지펴야 하고
개미는 그 부스러기를 먹고
무사히 탈출해야 하는 운명이다

누구도 개입할 수 있는 야단법석에
시는, 개미는,
외줄을 타고 있다

의릉

우산을 받쳐 들고
권력의 정원에서 돌아온 어로禦路를 걸었다
스물여섯 살, 선의왕후 봉분
잔디가 서럽도록 눈물을 쏟아냈다

왕릉을 엄호하고 있는 문무석상 사이로
산까치가 하늘 소리를 외치며 날아다녔고
불쌍한 어머니와 안쓰러운 아들의 바람이
솔숲 사이를 맴돌았다

만장 행렬 지나간 자리 따라 산수유꽃 흐드러지게
피어나고
풍파 속에 허리 굽은 향나무는 여전히 용트림 하고 있다

한때, 패륜 군주처럼 군림했던 안기부의
어두운 그림자도 사라진 지 수십 년이 되었지만
민달팽이처럼 벗겨진 왕릉의 서러움은
눈부시게 푸른 봄날,
우산 속 눈물이 되었다

버선발로 마중하는 춘분

춘분에 내리는 비는
눈 조각으로 깎은 포布 버선이 젖는 일이다

버선코 치켜들고 통통한 맵시로 대지를 디딜 때
빗방울은 단원의 풍속도처럼 할욱거리고
살포시 들어 올린 치맛단 아래
조조조 새순이 깨어난다

하얗게 우뚝 솟은 맵시로
봄이 깨어나면,
돌나물 캐고
콩 볶고
화전을 부치며
나이 떡을 나누는
비단 치맛자락 가득 꽃망울이 터진다

조조조, 별빛 내리는 빗속을
버선발로 달려 나가
임 오시는 길목,
춘분처럼 기다린다

식탁 위에 봄

꽃상추 씻어 소쿠리에 담아 놓으면
강물소리가 난다

잎사귀마다 새물 머금은
기억의 소리들이 깨어났다

고단했던 겨울의 이야기를
밀어 올린 씨앗의 아우성이
여린 햇살로 움트는 새벽

푸들푸들 잠에서 깨어난 텃새들의 울음소리가
단단하게 무릎을 세워
시린 강물 속으로 자맥질을 한다

꽃잎을 품은 새순이
아직 오지 않은 여름 숲으로
성급한 발걸음을 옮기고
식탁 위로 산들 바람이 누웠다

민들레

더 이상 기차가 다니지 않는 레일 틈,
한 줌 목숨을 던져놓고 피어난 노란 민들레꽃 한 송이,
바람이 지날 때마다 머리카락 휘날리며
학처럼 날개를 편다

외다리로 서서 긴 목덜미를 빼고
시간이 정지된 간이역의 은빛 새벽을 여는 달빛은
들판의 치마를 들추며 명지바람을 끌고 와
억새밭 가득 하늘의 씨를 뿌린다

누구나 한번쯤 지나쳤을 기찻길 너머로
민들레 씨앗 구름처럼 번지고
외다리로 서 있는 강여울 가득
텅 빈 허공이 내려앉았다

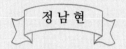

정 남 현

- 현) 압구정 소마학원 대표이사
- 노원문협 이사
- 재미언론인협회상 수상
- 서정문학 신인 문학상 수상

노원 연가

온종일 햇볕 들어와
세를 살던 곳

식탁에 가만히 들어와
앉아 있던 불암산

가을바람 가르며 달리던
중랑천변의 풀꽃들

돌아보니 노원의 풍광은
나의 시집

왕이메 그늘숲

삼나무 그늘 속
고요를 퍼 올리는 바람

햇빛이 빚어내는 연초록
잎들 뒤적인다

나무마다 제 간격으로 선 미적거리
그 사이로 느리게 걸어가는 구름 떼

파란 물 뚝뚝 떨어져
땅에 스며 번지는 그늘숲

산새들 노랫소리에
숲을 경청한다

요정굴뚝새

어스름한 저녁
굴뚝새 날갯짓 소리에
숨바꼭질하던 동무들
제 집으로 돌아가고

집집마다
삼십 촉 알전등
하나 둘 불이 켜지면
엄마의 온기가 피어오르던 굴뚝

둘레 밥상에 둘러앉은 식구들
달맞이꽃처럼 환하다

도란도란 밤 이야기
박꽃에 걸어두고
낮게 나는 굴뚝새 노래에
잠드는 마을

임플란트

50년 동고동락했던 사내를 떠나보냈다
나를 위해서 헌신적이고 애써주고
욕도 씹어 주었던 사내
때론 심통을 부려
나를 잠 못 들게도 했지만
쓴맛, 단맛을 함께 나누었던 사이
묵은 사내를 망설임 끝에 보내고
새 사내를 들였다
아직은 어색하고 익숙지 않으나
비비고 씹고 살다 보면
비로소 내 몸에 일부가 되겠지
새 인연을 기꺼이 받아들였다

우리들의 이야기

어느 순간 그 사람 눈 속에
내가 들어 있었다
별 이야기만 하다가 서로의 얼굴을 지그시 바라본 후였다

해맑은 소년의 눈동자 같은
그의 눈 속에서
내가 웃고 있었다

내 심장이 뛰고
맑은 옹달샘 소리
고요한 숲을 깨우는 새소리
꽃들이 몽실몽실 피어나고 있었다

어느 윤회를 지나
서로를 찾아 헤매다 만난 비익조
우리들이 써 내려온 사랑이야기

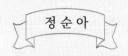

정순아

- 따뜻한 남녘에서
  좋아하는 여행을 하고
  시를 읽으면서 소소하게 살아가고 있습니다

주제 파악

와따메! 징하요이
차 한 대 새로 빼부씨요
엔진 소리도 골골한디
속도를 좀 줄이든가
커브 돌 때 차가
휘딱 뒤집히겄소

글만 주제에 맞게 쓰고
국어시험 볼 때만
주제 파악하면 쓴다요
사람도 지 주제에 맞게
주제 파악 잘하고 살아야제
주제 모르고 대출받아 새 차 사서
폼 재고 다니믄
누가 알아주기나 한다요

흐미, 주제가 어쨌다 그란다요
남편 회사 잘 다니겄다
큰돈 들어간 디 없겄다
그 주제면 큰 주제지이

왔다 주제가 뭐 재주처럼 팔딱
넘는 것인 줄 안갑소이
주제넘다 큰코다치는 사람도 있습디다
은행 돈이 지 돈인지 알고

머시기 그 캐피탈인가 뭔가
거기서 당장 얼마 준단께
그것이 굴러 눈덩이 되는지 모르드랑께요

왐마, 주제 파악을 영 잘하는디
그래도 사회적 지위와 체면이 있제
전기차라도 한 대 뽑아 부씨요

왔다 체면이 뭐 밥 멕여 준다요
주인 잘못 만나 옹삭한 데 다 댕기며
고생 고생 쌩고생을 시켰는디도
십 년을 넘게 목숨을 지켜준
고마운 차를 쉽게 바꾸면 되겠소
내 발이 되갖고 가고 싶은디
다 가게 해 준
딱 내 주제에 맞는 차란 말이요
시원하게 썩은 이빨 빼는 것도 아닌께
이제부터 나한테 자꾸 새 차
빼라 빼라 하지 마씨요이

오매 왜 그래 싸까이
정 들어서 그런갑소이
이제 알았응께 다시는 말 안 할라요이
그라믄 주제 맞게 우리 이 차 타고
섬진강 벚꽃 구경이나 핑하게 갔다 옵시다이

역세권

역세권이 좋다고 하는데
이사를 하고 보니 역세권
지하철을 타는 지하철 역이 아닌
민물과 바닷물이 만나는 기수역
사람들만 모여 어디론가 떠나는 역이 아닌
여러가지 생물들이 모여 함께 살지만
고즈넉하고 조용한 역
작은 구멍에서 뽀그락뽀그락 숨소리가 들리기도 하고
큰 황새가 구멍의 것들을 먹이로 먹고
고동이 길게 길을 만들면서 기어가고
그 뻘 위에서 사람들이 뭔가를 캐는
살아 숨쉬는 생명들이 살아가는 역

나도 그 기수역
역세권에 산다

빛나는 유산

내가 챙긴 거라곤
닦으면 닦을수록 찬란한 금빛이 나는
그녀가 쓰던 놋그릇
잿물과 짚풀이 없어
수세미에 우유를 묻혀
박박 문지르며 속으로 하는 말

문디엄씨 쓰잘대기 없이 이런걸
남겨서 나를 고생시키네

지워지는 건 세월의 곰팡인데
찬란하게 빛나는 건
지난 세월의 기억들

5월이다
그녀는 떠났어도
아직도 나는 그녀를 보내지 못하고
놋그릇을 닦고 있다

사랑의 해부학

물음표의 씨앗은 사랑이다
관계의 시발점이다

높고 넓은 지리산
안녕하세요 수인사하다가
이거 하나 드세요
사탕 하나라도 건네면
물어보는 말
어디서 오셨어요?

친척을 찾고
학교를 찾고
고향을 찾고
친구의 집을 찾고
찾고 찾다가 없으면
잠깐 들렀다 간 곳이라면서
이어보는 줄
묶어보는 끈

물음표 하나를 반대로 놓고
두 개를 묶으면 이어지는
사랑

물음표는 사랑의 씨앗이다

방화선
-키르기스스탄 알틴알랄쿨캠프에서

가문비나무 숲에 길이 있었어

빽빽한 숲 중간에

작은 풀들이 자랄 수 있는 길

야생화들 사이로 동물들이 마음껏 날고 달릴 수 있는 길

사랑하는 너와 나 사이에도 저런 길이 있었으면 해

양보하고 배려할 수 있는 마음의 길

바람이 불면 바람가는 대로 손끝을 흔들면서

춤출 수 있는 거리를 만들어 주고

햇빛이 들면 더 많은 햇빛을 받기 위해

키만 늘리지 않고 몸을 펼쳐 따뜻한 기운을

받을 수 있는 그런 건강의 길

내가 아파 쓰러질 때 너를 다치게 하거나

쓰러뜨리지 않을 거리를 유지할 수 있는 길

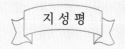

지 성 평

- 전남 옥과
- 모던포엠 등단
- 문학예술 등단
- 금오공과대학교 기계공학사
- 저서 : 연인 / 시, 첫사랑의 향기
  단편소설 및 합동시집 다수 참여

밤새 눈은 푹푹 내리고

함박눈이 내리던
남도 여수터미널
스물한 살 그녀는 오지 않고

길가에 버려진
장미꽃 한 다발과
내 영혼의 푸른 상처

그렇게
내 선홍빛 청춘도
꽃잎처럼 시들었네.

별빛 같은 슬픔이

삶이 별처럼 쓰러질
사십 년 전 스무 살에
광주직업훈련원에서 청춘을 불살랐던

하얀 미소가 이슬처럼 순수했던
내 친구는 옥포조선소에서
노동운동 하다 분신자살하고

그를 광주 5.18 민주열사 묘역에 묻고
돌아서서 바라본 남쪽 하늘은
별빛 같은 슬픔이 달빛 속에 쓰러졌지

첫사랑에게 보내는 연서

저물녘
횡성초등학교
능소화꽃 그늘아래

해당화 꽃잎 같은
연분홍빛 아름다운
그녀를 생각한다

매미 소리 잦아들고
창가에 어둠이 내리면
그리움에 젖어 든다

첫사랑

스무 살 어느 봄날
희숙아 희숙아
내 친구를 부르는 소리에
마음이 먼저 가 있었지

돌담 너머
빛나는 검은 머리
하얀 블라우스
볼록한 가슴에 내 마음은 뛰었지

천사 같은 그녀를
자전거에 태워 오솔길을 달릴 때
그녀의 머릿결이 살며시
내 귓불을 스쳐온 몸이 짜릿했지

그날을 생각하면
하염없는 내 마음은 울고
지금도 그 오솔길 생각하면
더욱 그리워지네

추 석

예순에도 철들지 못한
아들을 두고 떠나버린
어머니 아버지

저 먼 하늘에서 내려와
못난 아들을 기다리며
서성이는 깊은 밤

반백의 머리를
다정히 쓰다듬는
부드러운 달빛의 고요

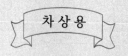

차 상 용

- 〈시 읽는 여자, 시 쓰는 남자〉 회원
- 현) 처음단감농원 대표

고향친구에게 보내는 편지

드넓은 벌판에
하늘거리던
버드나무 잎새의
싱그러움도

늘 푸르던 풀밭의
눈부심 일렁거림도

은빛 물결 찰랑거리며
흐르던 맑은 개여울도

추위에 언 발 젖지 않게
건너게 해주던
실개천의 섬돌도

골목길 어귀에서
범하야 저녁 무로 안 오나
부르시던 신촌 아지매의 손짓도

지천명 고향 친구
기억 속에 다 있습니다

지금은 사라지고 없는
어린 시절 풍경과
전설들이 되살아나는 자리
고향 친구들이 모이면
그기가 고향입니다

그 고향에 가면
에너지가 충전되고
세상과 더불어 사는
지혜가 배가 됩니다

베링해

베링해는
부산항에서 보름 만에 닿는 거리
베링해는 원양어선을 타고 간다

안태고향 정든 모습
한 번 더 눈에 담고
늙은 아비 작별인사하고
오륙도 돌아서
북으로 북으로

홋카이도 쓰가루 해협
거센 물살 거슬러 올라
해마다 한 척 두 척 쓰러지는
북양 유자망 어장을 지나면서
깊은 상념에 빠진다

다시 북으로 북으로
망국의 한을 품은
사할린 캄차카반도
설산을 바라보며
서러운 역사를 뒤로하고
알류산 열도를 지나면
휘몰아치는 바람에
파도가 얼음이 되는
시베리아 알래스카
그리고 베링해

부산항에서 보름 만에
다다른 바다
베링해는 명태의 보고
젊음을 먹고 사는 바다

멸치

칠흙 같은 어둠 속을 달린다
먼바다 며르치가
깨어나기 전에
동이 트기 전에 달린다
어군 뭉게뭉게 피어
오르기 전에

짙은 안개 속을
만선의 꿈을 향하여
천둥 번개 소낙비
아랑곳 없이 달린다
가솔들의 편안한
내일을 위하여
거친 너울 속을
겁도없이 달린다
잠들어 있는 나의
미래를 깨우기 위해

모든 상념 털어 버리고
앞만 보고 달린다

흔들리는 작업선
아늑함은 없어도
내 가진건 단련된
몸뚱이에 두둑한
배짱하나
넘실거리는 파도
온몸으로 부딪히며
오늘도 머르치 잡는
어부의 옹골찬 하루가
시작된다

둥둥둥둥 북소리 마냥
엔진소리 바다를 깨우고
짙푸른 바다에서
살찐 내일을 건져 올린다
어야디야 어야디야
어허허허 어야디야

소

들판의 보드라운
풀잎이 나의
양식이었다

둑방길 언덕빼기에는
뷔페에 들린것처럼
산해진미의 바다였다

영감님 막내아들에게
고삐 잡혀가도 친구에
친구의 친구를 만나고
하루해가 짧다하고
마음껏 뛰어 놀았다

소나기 나리면
스트레스 풀릴때까지
논밭 가리지 않고
달려도 보았다

이른새벽 밭갈이도
하루 웬종일 논갈이도
가뿐숨 몰아쉬며
기쁜맘으로 해치웠다

콩깍지 넣고 볏짚 넣은
쇠죽 한구유에
항우같은 힘이 솟았다

외양간은 포근한 안식처였다
목회불을 놓아주고
송아지 등이불을 얹어주는 지극정성 못
못 잊을 정도 있었다

아 그시절 그 그리운
시절
하늬바람에 흘러간
전설이러뇨

장모님

마음은 넓으시사
남도땅 아우르고
빼어난 음식솜씬
그누가 따르련가
온종일 손주사랑
아직도 생생한데
계신곳 그곳에서
온종일 내리사랑
애타는 자식걱정
이제야 내려놓고
맘편히 굽어보사
빙그레 웃으소서

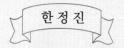

한 정 진

- 한정진(1962)
- 2022년 [문학고을]로 시 등단
- 부산대학교 무역학과, 한국방송통신대학교
- 국문학과(졸)
- 조흥은행, 기술보증기금(전)
- 중소기업기술혁신협회(현)

기다림의 시대

카톡 카톡
카톡으로 문자가 왔다고
알려오네요

슬쩍 누가 보낸 문자인지
확인을 하고는
못 본 척 기다려봅니다

얼마나 기다릴 수 있는지
보려고요

상대는 응답을
바로 하지 않으면
온갖 생각을 하게 되죠

하는 일이 바빠서
휴대폰을 들여다볼
시간이 없는 건지
아예 쳐다볼 생각을
하지 않는 건지

읽고서 씹히기라도 하면
분노조절장애가
극도에 달하기도 하고요

기다림을 원치 않는
시대가 되어가고 있어요

이렇듯 문 앞에 서서
언제 올지 모르는
그대를 마냥 기다리고 있던
그때가 불현듯 그리워집니다

선운사에서

무장애 숲길 건너
산수화처럼 버티고 서있는
산자락 위로 해탈의 빛이
손에 잡힐듯하지만

바람결 흩어진 마음에
바삭바삭 햇살로
가득 채워 넣고서야
만의의 정토에 다다른다

경내에 들어서
마시는 차 한 잔에
무심히 지나쳤던 시간들을
주워 담는 순간

선운사 도솔천 아래 떨어져
비틀어진 단풍잎을 닮은
한 사내의 모습에서
가을빛의 깊이를 더해본다

오래된 것에 대하여

벗겨진 단청 속
숨겨져 있는 나뭇결

무뎌지고 바래
흩어진 기억

무늬와 빛깔에
새겨진 시간 사이로

흘러온 지금이
굳어져

그윽한 향기를
품어냅니다

잘 지내지?

코로나 시대를 지나며
사람들은 마주하지 못한 채
서로의 안부를 묻는다

괜찮냐고, 잘 지내냐고,
아픈 데는 없냐고

이러한 마음 안에는
소중한 사람이
부디 잘 지내기를 바라는
따스함이 자리하고 있다

이처럼 많은 사람이
타인의 안부를 묻는 데는
봄이 가져다주는 설렘처럼
흔연하기도 하지만

자신의 안부를 묻는 데는
봄을 시샘하는 추위처럼
새삼스럽고 낯설기만 하다

모처럼 봄빛이 가득한
하늘이 열렸다

하늘을 바라보면서
누군가를 생각하기도 하고
스스로를 돌아보는 시간도
가져 보았다

잘 지내지?

오늘은 스스로에게
안부를 물어보는 시간을
가져보기로 한다

나홀로 나무

황량한 풍경 위
나홀로 서 있는 나무 하나
앙상한 가지는 하늘을 향해있고
벌거벗은 몸짓은
부연 안개를 피워 올리고 있다

발자국 소리에
새 한 마리 날아오르고
들판을 가로지르는 바람에
겨울을 건너는 소리 들려오니

우뚝 솟아올라
숨 가쁘게 흔들어대던
여름날의 기억은 지워지고
나홀로 멈춰진듯한 시간 속에
머물러있다

나무는 중얼거리듯
무엇이 되고 싶은지
물어오지만
노을 속의 한 배경으로만
자리할 뿐이다

시 읽는 여자 시 쓰는 남자